野人

首部曲
手斧男孩
Hatchet

蓋瑞．伯森 Gary Paulsen◎著
蔡美玲、達娃◎譯

你可以將最後一塊錢借給朋友，但千萬不要將你的手斧借人！

你的生存指數知多少？

如果，你正在一架失控的飛機上，
突然間，樹木細節歷歷在目，
飛機即將撞毀，即將如石塊般落入一片開闊的森林荒野，
前方地平線上，湖水正閃爍著藍色光芒……

最後3分鐘，最後的機會，你可以選擇5樣隨身物件——

1 打火機	2 雨衣	3 繩子	4 信號槍	5 小刀
6 手斧	7 消防斧	8 罐頭	9 餅乾	10 滅火器
11 鏡子	12 化妝箱	13 塑膠袋	14 毛毯	15 太陽眼鏡
16 衛生紙	17 鋼杯	18 急救箱	19 高爾夫球具	20 拖鞋
21 口紅	22 針線包	23 紙鈔	24 硬幣	25 雨傘
26 防晒油	27 水壺	28 手機	29 手電筒	30 帽子
31 筆記型電腦	32 壹周刊	33 明星寫真集	34 隨身聽	35 照相機

帶著你選擇的物件，進入《手斧男孩》布萊恩的冒險故事，
看看你的生存指數究竟有多少？（答案請見一八〇頁）

目錄

〔推薦文〕

為人生冒險做準備

小野（知名作家）

一個喜歡寫作的人如果不能如願靠寫作維生，他會做什麼呢？蓋瑞．伯森可以回答你——做過獵人、貨車司機、木匠、農夫、軍人、演員、水手，所以當他又成為作家時，就寫出了大受歡迎的《手斧男孩》系列。由於他豐富的個人體驗，讓讀者誤以為他的作品是真人真事。

布萊恩也是真有其人，其實作家經常把自己的內在經驗轉化成作品中的情節，主角往往便是作家的代言人，這也就是布萊恩如此迷人的原因了。人生總有冒險的時候，看冒險小說就是為我們將來的冒險做出心理準備。

看見生命之美

李偉文（牙醫師．作家．環保志工）

我總覺得，透過與泥土、與大自然貼近的生活，一種靠自己的體力勞動，以雙手克服困難的能力，才是教育的真諦。在大自然裡探險、沉思，這種看見「生命之美」的體驗，是學校裡上再多堂的音樂、文學或美術的課程所無法達到的。

在美國，《手斧男孩》引領了成千上萬的青少年走入大自然，重新領會生命的美麗，以及生命的壯瀾與可能性。

我相信在台灣，這一系列書籍也可以達到吸引孩子重回真實自然生活的機會。

種下信心與勇氣的種子

李建安（臺灣野鳥保育協會活動委員）

當布萊恩由現代文明墜落到野地森林開始，我便不由自主地跟隨這個男孩在孤獨陌生的環境努力生存的足跡前進，一路上分享他的害怕、失望及克服困難環境的喜悅。在跟隨的過程中，我驀然發現，布萊恩漸漸學習或經歷到的能力，正是我引領年輕夥伴做學習活動時，極希望他們從中學習到的能力，那就是自信與勇氣。

面對環境與社會的多元變遷，我們及我們的下一代，似乎逃脫不了要具備多項能力的框架，也因此，許多人送孩子們進入各種才藝班學習。才藝與證書或許對目前的升學環境有幫助，但若未來不能從容鎮定地運用，也是枉然。若能從小就培養自信及面對困難的勇氣，對未來的成功生存反而是更重要的關鍵。

《手斧男孩》提供了一個無須親身經歷的精神體驗環境，我們不必先把孩子丟到嚴酷的環境去學習，只要讓孩子跟隨布萊恩，運用他們豐富的想像力去遭遇挫折、忍受孤獨、克服恐懼、品嘗喜悅，為未來所要面對的陌生環境種下信心與勇氣的種子，就能等待發芽茁壯的時機。

跨越年齡的生命閱讀

金恒鑣（森林生態學家）

我推薦《手斧男孩》給所有年齡層的讀者——兒童、青少年、少年、青年及成人。無論讀者處於何類年齡層，都走過他（她）們前面年齡層的路。例如，成年人都經歷過他（她）們前面四期，更有可能享受這本書故事的趣味性、場景的逼真性、故事發展的緊湊與說服力，還可能參透書中對自然環境、現象與過程的刻意著墨。他（她）們會知道化日常知識為行動的重要性與完成計畫的成就感。其實，更有收穫的應是可體會這本書另一類層次的內涵：生命的莊嚴、意義與哲學。

在一架搜救飛機無功折返後，該書的主角雖然極度絕望，同時卻從心中生出正視生命（如熊、狼、駝鹿）存在於野域的意義。加上有了龍捲風橫掃的經驗，他頓悟了重生的道理：一切生命在自然的力量下，都是可以重新開始的。

由於作者擁有豐富與多樣的人生閱歷，嫻習表達理念的方式，熟悉野域的自然環境、植物的特性與動物的行為學，並藉以深入，但不著痕跡地，闡釋生命的意義。這實在是一本老少咸宜的讀物。

解心靈之渴的飲料

吳鈞堯（前幼獅文藝主編）

《手斧男孩》的出發點是有趣的。分居、離婚是美國家庭的普遍狀況，布萊恩也是這普遍狀況的一部分。媽媽送給他的手斧背後，便貼上了成人世界中「離婚、祕密、爭吵、分居」等字義。這些字義，無疑的，不是祥瑞。而成人世界的不祥，卻引領出冒險故事，在家庭縫隙中，茁壯一個堅強心靈，這段冒險歷程，正是心靈飲料，解人心靈深處的渴。

因為故事從縫隙出，更能感慰多數美國人的心，而詳實有趣、臨場感十足的求生技能跟情節，則進一步讓這把「斧頭」虎虎生風了。

了解真實世界的探索之書

陳藹玲（財團法人富邦文教基金會執行董事）

現在的小孩受電動、電腦遊戲與科技產品影響，長時間活在虛擬世界，離真實生活愈來愈遠。《手斧男孩》一書雖然是一本創作，但富含對大自然的探索，並深刻描寫生存冒險的精神與技能，遠比一些暢銷的魔幻小說更具啟發性，希望這本書可以協助青少年深入了解如何活在真實的世界。

〔前言〕

以生命經驗為藍圖——

蓋瑞・伯森的生命傳奇

說故事高手蓋瑞・伯森（Gary Paulsen）是美國文壇最受年輕讀者喜愛的作家之一，有些書評家甚至認為，現今再也找不到一個作家能像他一樣，透過小說作品，激發青少年對文學的喜好。

求學時代的蓋瑞・伯森絕對稱不上是個好學生，但他的作品，卻啟發了許多莘莘學子的閱讀熱情。

十四歲就逃家的他，有個慘澹晦澀的童年。他的父親是一位職業軍人，二次大戰期間，幾乎都離家在外，父母感情並不和睦。戰爭結束後，父親回家團聚，但一家人卻隨著軍隊從一個基地搬過一個基地，居無定所，因此伯森從不曾在一間學校待超過五個月以上。

學校生活對他來說彷彿是場噩夢，高中成績幾乎都是丙等和丁等，在運動場上的表現也好不到哪裡去。因為家境並不寬裕，所以他很小就開始到醫院、酒吧賣報紙掙錢。

一個零下二十度，在外兜售報紙的寒夜裡，伯森走過圖書館，籠罩在金黃燈光下，充滿溫馨暖意的閱覽室吸引他走了進去。原來只是想要取暖的他，卻從此改變了生命。

因為這一夜，圖書館管理員借給了他一本書。之後，一本接一本，包括西部小說、科幻小說……圖書管理員的善意與書本為他開啟了一個開闊的世界。

書本給了苦悶的伯森安定的力量，但人生的風暴卻未止息。大學讀了一年，他就休學從軍去了。在軍中，他在飛彈部門任職，服完兵役後，也在航太工業找到一份工作。

但是，冗長又無趣的工作卻讓他開始思考，人生應該有更好的過法，而寫作就是他認為最理想的生活方式。

於是，他偽造了一份履歷表，也順利找到了一份男性刊物的助理編輯工作。但上司們很快就發現，他根本就不懂寫作或編輯。但他的勤奮好學，感動了上司們。每天下班後，他都會寫點東西，並在第二天早上拿給上司們批評指教。

隨後，他離開雜誌社，回到家鄉明尼蘇達專職寫作。因自認為是個作家，於是他搬到新墨西哥州一處作家村，一心想要創作偉大的美國小說。但偉大的作品還未寫出，他倒先成了酒鬼。酗酒、打架不但毀了他的婚姻，也糟蹋了他的寫作天賦。

一九七三年，他終於戒了酒，同時也帶著新婚妻子回到明尼蘇達，住在雞舍改建的房子裡；一家人靠著自己耕種的三塊菜園，自製番茄醬、奶油、起司等維生，他也開始執筆寫作。

這一次，他不再好高騖遠，為了生活，他的寫作題材涵括運動、建築，以及職場生涯等。一九七七年，他出版了一本重要且有分量的反戰小說《*The Foxman*》，同年，也出版了一本關於一個酗酒家庭的作品《*Winterkill*》。不幸的是，明尼蘇達同鄉的一些人認為，伯森在這本書中影射他們，並控告他毀謗名譽。

雖然伯森最終贏得了官司，但這起事件卻讓他幾乎破產，也對寫作感到極度不堪且心灰意冷。他決定放棄寫作。

為了家計，他成了海狸皮獵人。而不需要再為生計奔忙之後，他就開始帶著狗群參與競爭激烈，全長一一八〇哩，必須穿越北極圈的阿拉斯加狗拉橇大賽。

參加拉橇大賽不但是體力、耐力的絕大挑戰，比賽全程更要耗費數千美元。伯森根本沒有這麼多錢。一天，他接到了當時Bradbury出版社主編理查．傑克森（Richard Jackson）的電話。

傑克森讀過伯森的作品，但從未見過他。傑克森當時去電問他正在寫些什麼。伯森坦白告訴他什麼都沒寫，而且正煩惱缺錢參加拉橇大賽。傑克森答應寄給他一筆錢，交換條件是，拿到伯森的下一部作品。

他們就這樣談定了。在傑克森的激勵下，伯森將多年的賽狗經驗寫出來。在這本榮獲一九八六年紐伯瑞獎（Newbery Honor Medal），充滿禪意的《*Dogsong*》之前，伯森其實已經寫了三本青少年小說。但一直到《*Dogsong*》出版之後，圖書館員與教師們才「發現」這個傢伙已出了五十本書！

緊接著，他最膾炙人口的作品《手斧男孩》也榮獲紐伯瑞獎。這本書敘述來自一個破碎家庭的十三歲小男孩，因墜機意外而獨自在荒野五十四天的求生經歷。這本書出版後，因內容精采逼真，《國家地理雜誌》甚至還打電話給伯森，打聽這男孩的下落，想為他製作專題。

《手斧男孩》這一則虛構的故事打動了千千萬萬讀者的心。不過，在二〇〇三年的一次訪問中，伯森卻透露，《手斧男孩》這本小說其實曾被三家出版社退過稿！

《手斧男孩》出版後，伯森幾乎每天都收到兩百五十到四百封讀者來信，想知道故事主人翁布萊恩之後會怎樣？

讀者的熱烈回應與要求，催生了以布萊恩為主角的系列小說：《領帶河》（*The River*）、《另一種結局》（*Brian's Winter*）、《鹿精靈》（*Brian's Return*）、《獵殺布萊恩》（*Brian's Hunt*）。

當五本以布萊恩為主角的系列冒險小說完成之後，仍不斷有讀者寫信詢問伯森書中所描繪的各種意外狀況、求生技巧，甚至歷劫歸來後的身心創傷，究竟是他憑空想像？或是個人親身經歷？蓋瑞．伯森的寫作技巧與受歡迎程度可見一斑。

伯森的一生，除了晦澀的童年，更經歷了酒鬼、工程師、軍人、演員、農夫、木匠、貨車司機、獵人、水手……豐富多樣的人生經驗與生涯遭遇，都是他創作的養分，也是靈感的泉源。

事實上，每一本書也都反映他不同階段的人生體驗。種種人生歷練不但化作伯森創作的肌理，也讓現已年過六十的他謙沖而務實，雖然作品備受歡迎，也數度獲得殊榮，但這些都沒有讓他沖昏頭。他認為，人的一生，就是要努力活下去，如果一個人開始自命不凡，那就完了！讀者能從他的作品中，看到並學得生存的膽識與勇氣，才是他最在乎的！

寫於二〇〇五年

1 一個人的飛行之旅

布萊恩．羅伯森盯著飛機窗外一望無際的北方綠色荒野。這是專飛美加邊境的「西斯納四〇六」小飛機，引擎聲震耳欲聾，聽不到任何對話。布萊恩也不想多說話，十三歲的他是機上唯一的乘客。同行的飛機駕駛——叫作吉姆？傑克？或什麼來著——四十來歲，起飛前進行準備工作時就始終不發一語。事實上，從媽媽開車把布萊恩送到紐約漢普頓的這個小機場，與這架飛機會合之後，這位駕駛只對他講了六個字：「坐到副駕駛座。」

布萊恩坐了上去。飛機起飛，這也是兩人最後的對話。一開始，這一切讓布萊恩很興奮。他從未搭過單引擎飛機，所以能在飛機凌空爬升、隨著氣流顛簸滑翔之際，坐在有著各式各樣控制器的副駕駛座上，盯著儀表板看，真是既新奇又刺激。不到五分鐘，他們就已爬升到六千呎高度，開始朝西北方向飛行；而從那時開始，駕駛只盯著正前方，默不作聲。機艙內只剩下引擎單調的轟隆聲響。在機頭前方伴隨著隆隆聲的，是一片綿延至地平線，遍布湖泊、沼澤、蜿蜒的溪澗與河流的綠樹汪洋。

望著窗外，雙耳被如雷巨響震透的布萊恩，試著釐清讓他步上這趟飛行之旅的前因後果。

思緒湧上心頭。

總是從那個字眼開始。

離婚。

對他來說，「離婚」真是個醜陋的字眼；意味著爭吵、嘶吼和律師。他想著，天啊！他多麼痛恨那些臉上掛著悠哉笑容的律師，他們用法律術語解釋說，他的生活即將分崩離析——一切都將粉碎破滅，包括他的家、他的生活。離婚——一個令人心碎而醜陋的字眼。

離婚。

還有許多祕密。

不，所有祕密都比不上那個「祕密」。那個他早就知道，但誰也沒說，關於母親和造成離婚的那個祕密。他早就知道，早就知道了。

離婚。

「祕密」。

布萊恩的眼眶紅了起來，淚水就要湧出。他曾經放聲哭過，但那已經過去。他不再哭了，只是紅著眼眶落下傷心的淚，不過沒有哭。布萊恩用一根手指拭去淚水，同時從眼角餘光觀察駕駛，確定他沒注意到自己泛紅的眼眶和淚水。

駕駛誇張地坐著，手輕鬆地放在操縱桿上，腳踩舵板，像是一個從飛機延伸而出的機器，而不是人。眼前的儀表板上有各種擺動、閃爍不停的轉盤、開關、量表、旋鈕、拉桿、柄軸、燈號和把手，布萊恩一樣也看不懂。駕駛成了飛機的一部分，而不是真人，這對布萊恩來說，一樣難懂。

駕駛察覺到布萊恩在看他，才稍回神過來笑了笑。他向布萊恩靠去，把右側耳機推到太陽穴上。「坐過副駕駛座嗎？」他吼道，試圖蓋過引擎聲。

布萊恩搖頭。他從沒搭過飛機，而且只在電影或電視畫面上見過駕駛艙。這裡面又吵又混亂，「這是頭一回。」

「沒有看起來那麼複雜。像這種好飛機，幾乎能自動駕駛。」駕駛聳聳肩，「讓我的工作輕鬆多了。」他拉起布萊恩的左手，「來，把手放在操縱桿上，腳踩著舵板，我來教你。」

布萊恩搖頭，「最好不要吧。」

「沒關係，試試看……」

布萊恩伸出手來緊握操縱桿，指關節用力得都發白了。他的腳踩下舵板，飛機猛然右轉。

「別那麼用力。輕一點，輕一點。」

布萊恩放鬆了緊握的手。操縱桿和腳下舵板傳來飛機的震動，讓他暫時忘記眼睛的紅熱。這飛機簡直像活的。

「看吧，」駕駛放掉操縱桿，高舉著雙手，腳也抬離舵板，讓布萊恩看到自己真的在開飛機。「很簡單。操縱桿向右轉一點，腳輕踩右邊舵板。」

布萊恩稍微轉動操縱桿，飛機馬上向右傾斜；踩下右舵板，機頭便順著地平線滑向右邊。他放開腳，拉正操縱桿，飛機就自動恢復水平。

「現在你可以再轉回來。把飛機轉回左邊一點。」

布萊恩向左邊轉動操縱桿，踩下左舵板，飛機就重回航線了。「很簡單，」他微笑說：「至少這個部分還算簡單。」

駕駛點了點頭，「開飛機是很簡單的事，就是要學。跟別的事一樣，就是要學。」駕駛重新接掌飛機後，伸手揉按左肩說：「這兒疼、那兒痛的。愈來愈老囉。」

駕駛一接手，布萊恩隨即放開雙手，腳也抬離舵板，「謝謝……」

但駕駛已經將耳機拉回，布萊恩的謝聲消失在引擎聲中，一切又回到先前的景況：布萊恩凝視著窗外的樹海與湖泊。雖然眼睛不再紅熱，記憶卻如潮水再度湧現。那些字眼，永遠是那些字眼。

離婚。

「祕密」。

爭吵。

分居。

正式分居。布萊恩的爸爸知道的還不如布萊恩多。他只曉得布萊恩的媽媽想掙脫婚姻。兩人先是分居，接著離婚，速度奇快。法庭判決，除了暑假和法官所謂的「探視權」外，布萊恩跟著媽媽。布萊恩討厭法官，如同討厭律師一樣。法官傾身詢問布萊恩是否了解他往後要住哪兒，以及了解為什麼如此。非常形式化，法官根本不知道事情真相。法官關切的表情和律師滿嘴法律術語一樣，毫無意義。

暑假布萊恩將與爸爸同住，學期間則與媽媽一塊住。法官看完桌上文件，聽完律師的談話後，做了這樣的判決。

這時飛機向右邊微微傾斜，布萊恩看著駕駛，他又在揉肩膀，機艙內忽然瀰漫一陣放屁的臭味。布萊恩連忙轉頭，免得駕駛難為情。他顯然有些不適，一定是肚子有毛病。

這個暑假是布萊恩獲准與爸爸行使「探視權」的頭一個暑假。離婚剛滿一個月的此刻，布萊恩正朝北飛行。布萊恩的爸爸是技術工程師，設計或發明鑽鑿油井的新鑽頭——一種能自動清理、自動磨利的鑽頭。他在加拿大的油田工作，那些油田位於森林終止、凍原開始的林線上。這次北飛，布萊恩就從紐約帶了一些鑽井設備。設備綁在飛機後段，在駕駛所說的「救生包」織布袋旁。救生包中有緊急救助裝備，以防萬一他們必須緊急迫降。這些裝備一定是在都市訂製，再放在小飛機上，與一位名叫吉姆、傑克還是什麼的駕駛一同飛行。這位駕駛果然是個不錯的人，還讓他學開飛機呢。

不過臭氣可就不好了。臭味不斷充斥機艙，布萊恩又看了駕駛一眼，發覺他正從肩膀一直搓揉到左臂，同時放出更多臭屁，臉部也抽搐著。布萊恩心想，大概是先前吃的東西在作怪。

布萊恩的媽媽從城裡開車送他到漢普頓，與這架為了載運鑽井設備而飛來漢普頓的小飛機會合。那是一段漫長而沉默的車程，和此刻從機窗向外凝視一樣，布萊恩坐在車內凝視著窗外兩個半鐘頭。出城約一小時後，媽媽一度轉頭看他。

「我們能不能談談？能不能把話講開？告訴我，你到底為何煩心？」

那些字眼又浮現了。離婚、分居。「祕密」。他怎能對她說出他知道的事？他只好保持沉默，搖搖頭，繼續視而不見地看著窗外。媽媽也回頭繼續開車，直到接近漢普頓時，才又跟他說話。

她探手到汽車後座，拿起一個紙袋，「我買了樣東西給你這趟旅行用。」布萊恩接過紙袋，打開袋口。裡面是一把手斧，有著鋼材斧柄和橡膠手把。斧頭裝在一個牢固的皮套內，上面有個用黃銅鉚釘釘住的腰帶吊環。

「可以繫在腰帶上。」媽媽沒有看著他說話，因為路上有農車，她得穿梭其中，留心車輛，「店裡的人說你用得著它，跟你父親在森林裡時可以用。」

布萊恩心想，是「爸爸」，不是「我父親」，是「我爸爸」。「謝謝，這是很棒的東西。」但他的回答連自己聽了都覺得是在敷衍。

「戴上試試，看與你的腰帶搭不搭。」

正常情況下，他會說不要。他會說在腰帶上繫個手斧太假仙，他才不要。那是他在正常狀況下會說的話。可是，媽媽的聲音很脆弱，彷彿一碰就會碎裂，同時他也因為沒跟媽媽說話而感到愧疚。雖然他知道真相，即使懷著怨怒，對她已憤怒到白熱化程度，他還是對自己沒跟她說話感到愧疚。因此，為了遷就，布萊恩解開腰帶，拉出右端套上手斧，再重新繫好腰帶。

「轉過來一點，讓我瞧瞧。」

他在座位上轉身，覺得有那麼一點可笑。

她點點頭，「真像個童子軍。我的小童子軍。」她的聲調中帶著他小時候聽過的溫柔；小時候他感冒生病時，媽媽用手撫摸他前額時流露的溫柔。布萊恩的眼睛又紅熱了起來，連忙轉頭望向窗外，因而忘了手斧還在那裡，所以登機時手斧依舊配在腰帶上。

由於小飛機是從小機場起飛，所以沒有安檢。而且布萊恩到達機場時，飛機已經啟動引擎在等候，他抓了行李和背包就奔向飛機，根本沒停下來解開手斧。

結果手斧仍然繫在他的腰帶上。起初他很難為情。但駕駛什麼也沒說，所以開始飛行後，布萊恩就把它給忘了。

這時臭味更濃了，真難聞。布萊恩再度轉頭看看駕駛，看到他雙手擱在胃部，表情痛苦，同時再度伸手按壓左肩。

「不曉得怎麼回事，孩子……」駕駛的話像在自言自語，幾乎聽不見，「這裡好痛，痛得要命。原以為吃壞了肚子，但……」

新一波疼痛襲來，打斷了駕駛的話，連布萊恩都看得出有多嚴重，因為駕駛痛得摔回座椅上。

「從沒發生過這種事……」

駕駛想伸手打開麥克風開關，手從胃部舉起，劃了個小弧。他推開開關說道：「這是第四六……」

彷彿受到重捶似的，力道之猛烈，讓他整個人摔進座椅內。布萊恩伸手扶他，一時之間無法明白到底是怎麼一回事。

沒多久，他就明白了。

布萊恩明白了。駕駛的雙脣變得僵硬；他按著肩膀，咒罵幾聲，朝椅子接連猛捧幾下。他咒罵著，喃喃說道：「胸口！天啊，我的胸口快要裂開了！」

這時布萊恩懂了。

駕駛心臟病突發。有一回布萊恩和媽媽在購物中心逛街時，有個人在商店前心臟病發，蹲下來尖聲叫著胸痛。那是個老人，比駕駛老得多。

布萊恩明白了。

駕駛心臟病發作。想通的同時，布萊恩看見駕駛再度往座椅摔去，慘烈地摔進座椅裡。他右腿一蹬，飛機猝然向右偏斜。他的頭向前傾，然後口吐白沫；白沫從嘴角溢出，雙腿蜷縮到座椅裡，兩眼向內翻成一雙白眼。

駕駛雙眼翻白，充滿駕駛艙的臭味更濃重了。一切發生得太快，快得難以置信，快得布萊恩的腦袋來不及吸收，只能看著它一幕幕發生。

片刻之前，駕駛還在講話，抱怨疼痛。

接著，就發作了。

讓駕駛摔回座椅的心臟病發作了。布萊恩坐著，隆隆作響的引擎聲中有種詭異的沉靜——奇怪的沉靜和孤獨感。布萊恩傻住了。

他傻住了，腦海一片空白。除了眼前所見和感覺到的，他無法思索。一切都停止了。他的內心深處，布萊恩·羅伯森內心最深處，遭到電光般的恐懼侵襲。強烈的恐懼使他的呼吸、他的思緒，甚至他的心臟都幾乎停擺。

停止了。

幾秒鐘過去，這幾秒鐘卻成了他的一生。布萊恩開始明白自己看到了什麼，開始理解目睹的是什麼狀況。但還有更糟的事在後頭，糟到讓他希望腦袋能停止運轉。

他坐在一架於北方荒原上空七千呎高處轟隆飛翔的小飛機裡。駕駛心臟病突發，即使沒有一命嗚呼，也差不多陷入昏迷狀態了。

只剩他獨自一人。

在一架沒有駕駛，卻還轟隆飛行著的飛機裡，獨自一人。

獨自一人。

2 失去的地平線

布萊恩發呆了好一會兒，無法思考。即使回過神，了解發生什麼事之後，他還是無法行動，彷彿兩隻手臂都灌了鉛。

於是他找尋能讓事情不曾發生的方法。他在腦海裡對駕駛大叫：你睡吧。你睡著了，現在你的眼睛要張開了，你的手要開始掌控操縱桿，你的雙腳會移到舵板上——可是，這些都沒有發生。

駕駛動也不動，只在飛機碰上小亂流時，頸部以上的頭顱不可思議地繞了一圈。

飛機。

飛機竟然仍在飛行。數秒鐘過去了，將近一分鐘了，飛機卻像什麼也沒發生似的繼續飛行。他得做點什麼，必須做些什麼，但他不知道該做什麼。

幫忙。

他必須幫忙。

布萊恩向駕駛伸出一隻手，看著自己用顫抖的手指觸碰了駕駛的胸口。他不知道該做什麼。他知道可以對心臟病發作的患者進行口對口人工呼吸、按壓胸部，進行心肺復甦術。但他不知道該怎麼做，所以無法為駕駛進行這些急救程序。駕駛仍坐在座椅上，緊繫著安全帶。布萊恩用指尖觸碰駕駛，摸摸他的胸口，卻什麼也感覺不到，沒有心跳，沒有呼吸起伏。這幾乎可以肯定表示，駕駛已經死了。

「求求你。」布萊恩說道。但他不知道該要求什麼，要向誰求，「求求你……」

飛機再度傾斜，碰到更多亂流。布萊恩感覺機頭往下沉，但並不是下潛，而是略微下傾，下傾的角度讓航速加快。布萊恩知道以這種微傾的角度前進，最後會衝進樹林裡，因為前方地平線上原本只見天空，現在已經看得到樹林了。

他得設法飛行，得駕駛飛機，得自力救濟。駕駛已經回天乏術，所以他得設法駕駛這架飛機。

布萊恩坐回座椅，面向前方，把仍顫抖的手放在操縱桿上，雙腳輕輕踏在舵板上。他曾經看過書上寫著，拉起操縱桿可以讓飛機上升。要把操縱桿往上拉。他用力拉了一下，桿子猛地滑向他。飛機下傾加速，又猛然上衝後，布萊恩感到胃部一沉。他推回操縱桿，卻推過頭，機頭因而下潛到地平線之下，這微幅傾斜讓引擎速度又加速了。

過頭了。

再把機頭拉回，這次輕緩多了，機頭再度飄上來，又過了頭，但沒像前次那麼嚴重；再往下一點，又過頭，再輕輕向上拉，引擎整流罩的前端總算穩定下來。把整流罩對準地平線後，飛機似乎就此穩住了。握定操縱桿的位置後，整個過程屏息凝氣的布萊恩終於喘了口氣，然後思考接下來該怎麼做。

這是個藍天裡綴著幾朵鬆軟白雲、晴空萬里的日子。布萊恩望向窗外搜尋片刻，希望能看到鄉鎮或村落，卻什麼都沒有，只見蒼翠的樹木無邊無際地延伸。隨著飛機前進，可以看到四散的湖泊愈來愈密集；隨飛機前進——前進到哪兒？

他正在飛行，卻不知身處何方，也不知道要往哪裡飛去。他盯著儀表板，研究各種刻度盤，希望從中得到幫助，希望能找出方位。然而眼前盡是亂七八糟的數字和燈號，教人困惑。儀表板上方中央一個亮燈的顯示器上出現「342」，旁邊另一個顯示器則是「22」。它下方的幾個刻度盤，似乎顯示機翼正處於傾斜或移動狀態。另一個有指針的表盤指著

「70」。他猜想，只是猜想，可能是高度表，這個裝置能告訴他距離地面的高度？還是距離海平面的高度？他曾在某處讀過與高度表相關的事，但讀了什麼、在哪裡讀的，他完全不記得了。

在高度表略往左下的地方，布萊恩看見一個附著亮燈刻度和兩個旋鈕的長方形小控板。眼睛掃過這個小控板兩、三回後，他才看見控板頂端金屬板面上的細小字母：發送器221。他終於想到這就是無線電。無線電。對了！他得利用無線電。剛才駕駛「發作」時（他無法說出駕駛「死亡」這個字眼，無法思考這個字眼），就正在使用無線電。

布萊恩看向駕駛。耳機仍在駕駛頭上，但在他猛烈朝座椅摔撞時撞歪了。麥克風開關則卡在他的腰帶上。

布萊恩必須取得駕駛頭上的耳機，必須伸手從駕駛頭上取下耳機，否則無法用無線電呼叫求救。他得把手伸過去……

雙手又開始顫抖。他不想觸碰駕駛，不想伸手過去。但別無選擇，他必須拿到耳機。他略略抬高握著操縱桿的手，暫停在半空，看看飛機會如何。飛機仍照常平順地飛行。

很好，他想。接著，得做該做的事了。他轉身從駕駛頭上取下耳機，同時一隻眼睛盯著飛機，怕它下墜。耳機輕鬆地拿到了，但麥克風開關緊卡在駕駛的腰帶裡，必須把它拉出來。拉動麥克風開關時，他的手肘撞到操縱桿，把它推了下去，飛機因而微幅下墜。布萊恩握住操縱桿，把它拉回，卻又用力過度。飛機再度經歷一連串令人腸胃翻攪的猛烈上衝下墜後，才再度穩住。

狀況穩定後，他再次拉扯麥克風線，終於把線拉出來了。他花了一、兩秒鐘戴上耳機，將麥克風對正嘴巴。他看過駕駛使用無線電，看到他按壓腰帶上的開關。於是布萊恩按下開關，對著麥克風吹氣。

耳機傳來自己吹氣的聲音，「喂喂！有人在接收無線電嗎？喂……」他重複了兩、三遍，然後停下來等候回音。但除了自己的氣息，他什麼也沒聽見。

一陣恐慌襲來。在此之前他很害怕，還一度因眼前事故而驚嚇呆住。但此刻因為恐慌，布萊恩開始對著麥克風驚聲尖叫。一遍又一遍地驚聲尖叫。

「救命啊！誰來救我！我在這架飛機裡，卻不知道……不知道……不知道……」

他開始在尖叫聲中哭泣，不但啜泣，還對著操縱桿撞頭，把它推下又拉回。可是他仍然只聽見自己在麥克風裡的哭泣，聽見自己的叫聲嘲諷著自己。

麥克風——他想起了一件事。他曾經用過舅舅貨車上的一台私人無線電通訊器。他必須關掉麥克風，才能聽見別人的訊息。於是他伸手關掉腰帶上的開關。

剛開始他只聽見空氣空洞的「呼噓噓噓」聲，隨後在雜音和靜電干擾中，他聽見了一個聲音。

「是誰在這無線網上呼叫？我重複一遍，關掉你的麥克風，你蓋過我的訊號了，你蓋過我的訊號了。完畢。」

聲音停止了。布萊恩打開他的麥克風，「我聽見你啦！我聽見你啦！是我……」他關掉開關。

「收到，我收到你的訊號了。」那個聲音非常微弱，而且斷斷續續，「請說明你的問題及方位。傳輸結束時請說『完畢』表示結束。完畢。」

布萊恩心想，說明我的問題。天哪，我的問題！「我在飛機上，駕駛他……他剛剛心臟病發，他現在……他無法駕駛了。我不會開飛機。救救我，救我……」他忘記正確結束對話就關掉了麥克風。

停頓一會兒後，才聽到回覆：「你的訊號斷斷續續，大部分都沒收到。我理解……駕駛……你不會開飛機。正確嗎？完畢。」

布萊恩幾乎聽不見對方的聲音，聽到的大多是雜音和靜電干擾。「正確。我不會開飛機。飛機仍在飛行，但我不知道還能飛多久。完畢。」

「……請說明你的方位。航班編號……方位……畢。」

「我不知道航班編號或方位。我什麼都不知道。完畢。」

他等著，但等不到回應。一度他還以為雜音停了，以為聽到某個字，不過那可能只是靜電干擾。兩分鐘，三分鐘，十分鐘過去，飛機轟隆依舊。布萊恩仔細傾聽，卻聽不到半點人聲。於是他再度打開開關。

「我不知道航班編號。我是布萊恩·羅伯森。我們從紐約州漢普頓起飛，目的地是到加拿大油田找我爸爸。我不會開飛機，而駕駛他……」

布萊恩放開麥克風。聲音開始顫抖，他覺得自己隨時可能尖叫出聲。

他深吸了一口氣，「有誰收聽到我，能協助我開飛機，請回答。」

他再度關掉麥克風，但除了傳來的嘶嘶雜音外，耳機裡什麼也沒有。經過半小時的收聽及重複求救後，他氣餒地摘下耳機扔到地上。希望渺茫，就算找到人協助，那個人又能怎樣幫他呢？叮嚀他要小心嗎？

希望如此渺茫。

他再度設法看懂那些操控表盤。他想他大概知道哪個代表速度，就是亮著燈，顯示「160」的那個。但他搞不清楚那個數字是英里時速還是公里時速，或者那只表示飛機在空中的航速，而不是地面的行進速度。他知道空中速度與地面速度不同，但不知道相差多少。

布萊恩從書裡讀到關於飛航的片段記憶浮現腦海：機翼如何作用、推進器如何在空中帶動機身。然而，那些粗淺的知識此刻卻幫不了他。

此時此刻，什麼也幫不了他。

一個小時過去了。他拾起耳機再試一次，因為他明白，這是他僅有的最後機會。可是耳機仍然沒有接到回應。他覺得自己像個關在窄小牢房中的囚犯，以他猜想的一百六十哩時速在空中風馳電掣，朝著某個他不知道的方向、某個地方前進，直到……

問題是，直到何時？直到燃料用盡——燃料耗盡時飛機就會掉下去。

就是這樣。

或者他可以拉起油門，讓它現在就掉下去。他曾看到駕駛推進油門增速。那麼要是他拉起油門，引擎就會慢下來，飛機便會墜落。

他可以選擇讓飛機耗盡燃料，然後墜落；或者推進油門，讓結果早點發生。如果讓飛機把燃料耗盡，他可以飛得更遠，可是他並不知道自己正朝哪個方向飛行。駕駛病發抽搐時曾轉移航向，但布萊恩記不得轉了多少，或是否已轉回原始航線。更何況他也不知道原始航線，只能瞎猜讀數「342」的那個顯示器可能就是方向儀。反正他既不知道飛過哪些地方，也不知道正飛往何方，所以現在墜落或晚點墜落沒啥差別。

求生的本能卻抗議著，不讓自己立即停止引擎、馬上墜落。他隱約感覺到，依目前航向繼續前進是錯的。雖然覺得自己正朝錯誤方向飛行，但他實在無法鼓足勇氣停止引擎，讓自己墜落。此刻他仍是安全的，或者說比掉下去安全些，畢竟飛機仍在飛行，而他也還在呼吸啊。引擎一旦停止，他就會墜落。

於是他讓飛機保持高度，繼續運轉，也持續嘗試無線電通訊。他發展出一套呼救模式：儀表板上嵌入的小時鐘每過十分鐘，他就嘗試發送一段簡短訊號：「我需要協助，有誰聽得到我？」

傳輸訊號之間，他試著為即將面臨的狀況做好準備。燃料耗盡時飛機會開始往下掉，他猜想，沒有推進器繼續推動的話，必須把機頭朝下，讓飛機持續飛行。他想自己可能在哪兒讀過這個，不然就是福至心靈。不管如何，這樣做講得通。總之他必須迫使機頭朝下，以保持飛行速度。然後在飛機撞擊前，再將機頭拉高，這樣才能盡可能讓飛機減速。

感覺很有道理。滑下去，減速，然後撞擊。

撞擊。

他還得找一塊空地降落。問題是，從他們開始飛越這片森林後，他連一片空地都不曾看到。雖然有些沼澤地，但沼澤四周散布著樹木。沒有道路，沒有小徑，沒有空地。

只有湖泊。他靈光一閃，知道自己必須利用湖泊著陸。如果墜落到樹林裡，他必死無疑，因為飛機墜入樹叢時必定四分五裂。

他必須降落在湖裡。不對，必須降落在湖畔邊緣。他必須掉落在鄰近湖畔處，同時在落水前必須盡可能讓飛機減速。

知易行難啊，他想。

知易，行難。知易，行難。這句話變成和著引擎節拍的調子。知易，行難。

不可能的任務。

布萊恩一邊計畫著該怎麼做，一邊持續每隔十分鐘呼叫一次無線電，一共呼叫了十七次。他再度伸手摸摸駕駛的臉，皮膚變涼了，非常涼，是死亡的涼。布萊恩把注意力轉回儀表板上。他做了該做的事：繫緊安全帶，調整姿勢，並在腦海裡一遍又一遍預演將要進行的步驟。

飛機耗盡燃油時，他應該讓機頭下傾，並朝最近的湖泊飛去，試圖讓飛機像是在湖面上飛行。他是這麼想像的，讓飛機彷彿在湖面飛行，趁它還沒觸地前，拉回操縱桿，讓飛機減速以降低撞擊力。

他在腦海中一遍又一遍地播放著要採取的步驟影像。飛機快沒油的時候，把飛機開到湖面，撞擊——這些是他在電視上看過的畫面。他努力想像整個過程，努力做好準備。

可是，在第十七次和第十八次無線電傳輸之間，引擎毫無預警地發出噗噗聲，緊接著一陣劇烈狂吼後，引擎掛掉了。頓時寂靜無聲，只有推進器颯颯的旋轉聲與掠過駕駛艙的風聲劃破沉寂。

布萊恩把機頭壓低，然後吐了出來。

3 藍色的自由

死定了，布萊恩想著。死定了！死定了！死定了！在突來的寂靜中，他的腦袋全力驚喊。

死定了！

他用手背抹乾嘴巴，並把機頭壓低。飛機開始滑行，但因速度過快而喪失了高度。突然間，看不見任何湖泊了。從他們開始飛越這片森林以來，布萊恩雙眼所見盡是湖泊，此刻卻不見了，全都消失了。前方遙遠的地平線上，布萊恩看見許多湖泊，左右兩側還有更多，全都在午後陽光裡閃爍著藍色光芒。

但他眼前就需要有個湖呀。他迫切需要有個湖出現在飛機前面，可是從擋風板望出去，所見盡是樹木，索命的樹林。如果他得轉向——如果他得轉向，他沒把握能讓飛機保持飛行。他的胃一陣緊縮，呼吸也變得短促……

在那裡！

在前方偏右的地方，他看見了一個湖！一個有圓形彎角的L形湖泊。飛機幾乎是對準L的長邊，由L的底部向上端直飛。再右偏一點點就好。他輕踩右舵板，機頭隨即右移。

可是轉向讓他犧牲了速度，現在湖泊變成在機頭上方。他輕輕拉回操縱桿，機頭隨之上揚。這又使飛機速度驟減，幾乎像要停住，並在原處墜落似的。操縱桿感覺非常鬆。布萊恩嚇壞了，急忙把操縱桿向前推回。這樣雖然略微增加了飛行速度，擋風板前卻再度只能看到滿滿的樹木，而那湖泊又位在機頭上方老遠的地方，遙不可及。

有那麼三、四秒鐘，似乎一切都懸在半空中，幾乎完全靜止。飛機雖然飛著，卻是如此緩慢……彷彿永遠到不了湖邊似的。布萊恩望向側邊，看見一個小池，池邊有隻大型動物從水中冒出，他猜是隻麋鹿。池子、麋鹿和樹林，一切就像一幅靜止的畫面。當他從距離地面三、四百呎的空中滑過時，這個景象就像一幅畫。

然後一切就在瞬間同時發生了。樹木的細節突然歷歷在目，整個視野盡是一片綠。他以為自己就要撞死了，但幸運之神眷顧了他。就在即將撞上之際，他飛進一道空巷，一塊由倒落的樹木所形成，連接到湖邊的開闊區域。

於是這架即將著陸、撞毀的飛機，如石塊般落入這片開闊區域。布萊恩推開操縱桿，鬆開手，縮抱成團，準備迎接撞擊。此時飛機還有一點餘速，當他鬆掉操縱桿時，機頭因而上揚，讓他瞥見前方的藍色湖水。同一瞬間，飛機撞上了樹林。

機翼撞上空地兩側的松樹，造成極度扭曲，朝後扯開，斷落在機體之外。地面塵土飛衝而來，勁道之強，讓布萊恩以為發生了爆炸。他一時無法看見任何東西，並從座椅上往前摔，頭部衝撞到操縱桿。

接著是一陣劇烈撞擊和金屬撕扯的巨響，飛機隨即向右打滾，翻越樹木，飛衝到湖面上；掉落，猛烈撞擊湖水，還像撞到堅硬的混凝土般，在水面彈跳了一下。湖水衝破擋風板，震碎兩側機窗，把布萊恩擠壓到座椅裡。有人在尖叫，在飛機衝進水中時驚聲尖叫；有人發出動物因驚惶痛苦才會全力喊出的那種驚聲尖叫。他不知道那是自己的聲音。他對著要將他和飛機沉入深處的湖水發出抗拒的狂吼。他什麼也看不見，只感覺到藍，冰冷的藍綠色。他搜尋著安全帶扣，驚慌中弄斷了一片指甲。他用力扯鬆帶扣。在湖水索命的淹溺中，使勁地從碎裂的前窗爬出，爬進那一片藍。他感覺背後遭到拉扯，覺得風衣被扯破，但他自由了。不再撕扯，不再破裂的自由。

可是好遙遠啊！水面如此遙遠，他的肺再也受不了，再也撐不住了。他吸了一大口水，嗆進好多水，那水終將獲勝，終將取得他的性命。他的腦袋一片空白，邊嘔吐邊泅水，身體雖然划動著，卻完全不再知道自己是什麼、在做些什麼。只是毫無意識地不停划著，划到他抓住野草和淤泥；不停地又划又叫，直到最後雙手抓到了草叢和灌木，感覺到胸部著陸，感覺臉埋進草叢粗糙的葉片裡，他才停止，一切都停止了。一種前所未見的色彩出現，那從未見過的色彩混雜著痛苦在他的腦海中爆炸。他就此昏厥，從所發生的一切中昏厥過去，天旋地轉，旋入了一片空白。

一片空白。

4 真實與想像之間

記憶宛如一把利刃刺傷著他，含恨刺進他的內心深處。

「祕密」。

當時他騎著十段變速單車，和朋友泰瑞同行。在單車專用道馳行一段路後，他們決定回程改走那條經過琥珀購物中心的路。布萊恩將所有細節記得一清二楚；記得購物中心的銀行時鐘閃著3:31，氣溫是華氏八十二度，還有日期。這些數字成為那個記憶的一部分，他整個生活也成了那個記憶的一部分。

泰瑞剛好轉頭對他微笑。布萊恩越過泰瑞頭上望去，看到了她。

他的母親。

她坐在一輛陌生的休旅車裡。布萊恩看見她，但她沒瞧見布萊恩。布萊恩剛要揮手招呼，卻立刻停住了。車裡有個男人。

金色短髮，穿著白色網球衫的男人。

布萊恩看見這一幕，還看見那個「祕密」，然後又看到更多。記憶片段浮現，像畫面般一幕幕斷續出現——泰瑞微笑著，布萊恩掠過他的頭頂，看見休旅車、車內的母親和那個男人、那顯示時間與氣溫的時鐘、單車前輪；男人的金色短髮，男人的白衫。含恨的記憶片段歷歷在目。

「祕密」。

布萊恩張開眼睛，驚聲尖叫。

最初他並不知道自己身在何方，以為仍在墜機過程中，以為自己就要死了，因而驚聲尖叫到沒了氣。

然後是一片寂靜，當他抬起頭，只聽見自己半哭半噎的啜泣聲。為何如此安靜？不久前還有嘈雜、碰撞、斷裂和尖叫聲，現在卻如此安靜。

小鳥在唱歌。

小鳥怎會在唱歌？

他感覺兩腿濕透，用手撐起上身，低頭看去。雙腿浸在湖水中。奇怪，雙腿掉進了水裡。他設法移動，但疼痛襲擊全身，讓他痛得上氣不接下氣，只得停止動作，讓雙腿繼續泡在水裡。

痛。

記憶。

他再度轉身，陽光從水面照射過來。午後的陽光照進眼睛，讓他轉過頭去。

看來已經結束了。墜機結束了。

他活著。

墜機結束了，而我還活著，他想。他低頭閉目了幾分鐘，很長的幾分鐘。再睜開眼時已是黃昏，身上多處隱隱作痛，但部分劇痛緩和了。他記起墜機的全部過程。

衝進樹林，跌落湖裡。飛機撞擊後沉入湖底，而他竟然掙脫出來，自由了。

他撐起自己，一邊爬出水，一邊因移動時的疼痛發出呻吟。雙腿像是著了火般，前額則如遭人拿槌子猛敲過似的，不過他還能動。他將雙腿從湖水中抽出，用手和膝蓋爬著遠離濕軟的湖岸，爬近一片矮樹叢。

然後倒了下來，躺下休息。他側著身，頭枕在胳臂上，閉起眼睛，因為目前能做的只有這些，他能想到又做得到的只有這些。他闔眼入睡，無夢，睡得又深又沉。

再度張開眼時，四周幾乎沒有光線。夜晚的漆黑濃得化不開，一時之間，他又開始恐慌。看得見，他想，看見是一切的根本，他現在卻看不見。他身體未動地轉了頭，湖對岸的天邊呈淡淡的灰，太陽就要升起，於是他想起自己是在傍晚時入睡的。

「現在應該是早上了……」他喃喃自語，聲音猶如沙啞的耳語。濃厚的睡意離去後，真實的世界就回來了。

他仍覺得疼痛，全身都痛。他的腿因抽筋扭曲而緊繃疼痛，而且他一動，背脊就痛。最嚴重的是腦袋裡的劇烈疼痛，隨著每心跳一下，便抽痛一次。彷彿整起墜機事件就發生在他的腦子裡。

他躺著滾動身體，觸摸身體兩側和雙腿，緩緩移動肢體，再揉揉兩隻胳臂。似乎沒有哪裡碎裂或嚴重扭傷。九歲那年，他曾騎著一輛髒兮兮的小單車，一頭栽進了一輛停放的汽車，摔斷腳踝，還裹了八週石膏。現在他身上沒一處摔斷呢。沒有任何斷裂，只是到處都撞傷罷了。

他的前額摸起來有個很大的腫塊，像在眼睛上方凸起一座小丘，手指掠過，就痛到幾乎要哭出來。但他沒辦法處理它。這個腫塊似乎和身上其他地方一樣，是瘀傷而不是擦傷。

我活著，他想，我活著，也可能是不一樣的結局，可能是死亡，我也可能已經一命嗚呼了。

和駕駛一樣——他突然想到了他。駕駛在飛機裡，在水底，在藍色的水底，繫在座椅上……

他坐起身，或者說是努力起身。第一次嘗試時，他摔了回去。第二回，他邊呻吟邊努力挺身坐起，然後側著身磨蹭，直至背部可以靠到一棵小樹，讓他面湖坐著，看著天空漸露的曙光伴著黎明到來。

他的衣服又濕又冷又黏，空氣裡一陣寒涼。他用僅剩碎布的殘破風衣圍住肩膀，盡量讓身體保持溫暖。他無法思考，無法讓思路正常運轉。彷彿一切都在真實與想像之間來回。只不過這一切都是真的。片刻間，他似乎想像了一場墜機的發生，他從沉沒的飛機中掙扎而出，游到岸邊；這一切都發生在別人身上，或是一部在腦海中播放的影片。隨後他感覺到濕冷的衣服，前額的疼痛也不時劃過思緒，於是他知道這一切都是真的，都確確實實發生了。但一切如此朦朧，全是一片模糊。因此他坐著，凝視湖面，感覺疼痛如潮水般來去，看著太陽從湖面盡頭升起。

過了大約一個鐘頭，或許兩個鐘頭吧——他無法測量時間，也不在乎——太陽升起了一半。陽光帶來些許溫暖，起初只是一點一點地暖和起來，隨著溫度而來的是成群昆蟲。密密麻麻，如雲霧罩身般包圍住他的身體，在他裸露的皮膚上形成一件活生生的外套。當他吸氣時，蚊子就往兩個鼻孔塞；張嘴呼吸時，牠們也一湧而入。

難以置信，沒有人會相信。他從墜機中存活下來，但怎麼對付得了昆蟲？他咳出蚊子、呸出蚊子，擤出蚊子，閉上眼睛，不停揮拍著臉龐，數十隻、數百隻地拍打牠們。才剛清空一處，剛打死一批，就湧來更多嗡嗡叫個不停的濃密蚊群。蚊子和一種他沒見過的小黑蠅，一隻又一隻咬他、啃他，以他為食。

沒多久，他的一雙眼睛就腫到眼皮合攏，臉也變得圓腫，剛好和腫大的前額匹配。他用破碎的風衣蓋著頭，想躲在衣服裡，但風衣滿是破洞，根本不管用。他絕望地拉起T恤蓋住臉，卻露出了下背的皮膚，蚊子、蒼蠅隨即對這片柔嫩的新鮮肌膚展開猛烈攻擊，讓他受不了，又拉下衣服。

最後，他把風衣拉高，用手揮趕蚊子，就這麼坐著忍受，沮喪、痛苦得幾乎哭了出來。他別無他法。直到太陽完全升起，晒熱了他，蒸乾了他的濕衣服，讓他沐浴在溫暖中時，蚊子和飛蠅才消失。幾乎是突然消失的。前一分鐘，他還坐在一團蚊蠅中；下一分鐘，牠們全部消失，只剩太陽照了他一身。

一群吸血鬼，他想。顯然牠們不喜歡深夜，可能夜晚太冷，但也一樣無法忍受陽光的直射。在天空仍一片灰濛濛，太陽還未完全升起，氣溫才正慢慢回暖的清晨，牠們簡直讓布萊恩無法置信。在他讀過、看過所有關於戶外的書籍或電視影片中，從來不曾提過蚊子和飛蠅。所有大自然的節目都只播放美麗的景色或蹦蹦跳跳、開心玩耍的動物，從來沒人提到過蚊子和飛蠅。

「嗚！」他靠著樹幹撐起身，一伸展便察覺新的疼痛。他的背肌必定也受了傷，因為當他伸展時，背肌就像要撕裂一樣。雖然額頭的疼痛似乎減緩了，但嘗試站立時，他卻虛弱到幾乎潰倒在地。

蚊子的肆虐讓他雙手手背腫脹，眼皮也腫得像瞇瞇眼。因此，他只能透過一道窄縫觀看一切。

他搔著蚊子叮咬的癢處，心想，反正這裡也沒什麼好看。前方是湖，湛藍深邃。一個畫面一閃而過，飛機沉入湖底，在一片藍色的深處，駕駛的身體仍繫在座椅上，頭髮漂浮著……

他搖搖頭，更加痛苦，不該想這件事。

他重新觀察四周。這座湖在他的腳下不遠處向外展開。他正站在L形底部，面對著L的長邊，而L的短邊向右伸展。在清晨的光輝和沉寂中，靜謐的湖水如此絕美。他可以看見對岸樹木的倒影，水中上下顛倒的倒影彷彿是另一座森林，一座與真實森林對映的顛倒森林。當他眺望四周時，一隻形似烏鴉但似乎太大了點的大鳥，從真實森林頂端飛出，水面倒映的鳥兒配合著牠，雙雙從樹林飛出，橫越湖面。

放眼一片青綠，目光所及，全是綠意。這座森林大多是松木和雲杉，其中散布一些低矮的灌叢。此外，還到處可見濃密的草叢和小型灌木。除了針葉林和一些他認為是白楊的闊葉樹外，其餘樹木他泰半不認得。他在電視上看過山上的白楊樹。湖泊周邊的鄉野有小山起伏，但都是極小的山，幾乎只稱得上是圓丘。四周的岩石極少，不過他的左方除外。那裡有座突起的岩丘，向外伸展而俯瞰著湖面，高度約有二十呎。

飛機墜落時，如果稍微偏左，鐵定撞上那座岩丘，絕對不會落入湖中了。果真如此，他早就粉身碎骨了。

毀滅。

這個字眼浮現。我原本可能會遭到毀滅、撕裂、粉碎；衝進岩塊，然後毀滅。

運氣，他想。我運氣好。幸運之神眷顧了我。但他很清楚，事實並非如此。果真運氣好的話，他父母就不會因為那個「祕密」而離異，他就不會與一個心臟病發作的駕駛一同飛行，也就不會置身此地，置身這個非得靠著運氣才能免於滅亡之地。

他想，如果一直帶著好運走，就會遇見噩運。

他再度搖頭——臉部抽搐了一下。又是一件不能多想的事。

那座岩丘呈圓形，似乎是某種沙岩，但夾雜暗色岩層。岩丘正前方的對岸，也就是湖的L形內角處，有一個由樹枝和汙泥堆成的土丘，高出水面約八或十呎。布萊恩一開始想不起那是什麼，但知道自己應該知道——在影片裡見過。這時一個棕色小頭從泥枝堆旁冒出湖面，並沿L形短邊游水，身後留下V形漣漪。於是布萊恩想起自己在哪兒看過那泥堆了——那是河狸的家，他在公共電視的特別節目中看過，他們稱之為河狸壩。

這時，一條魚躍出水面。魚不大，但在河狸身旁濺起不小的水花。接著，彷彿有信號傳出似的，突然間，湖畔傳來許多細小的噗通聲，魚兒紛紛躍出水面。數百條魚跳躍著，濺滿水花。布萊恩看著牠們半晌，腦子依舊昏沉恍惚，依舊無法好好思考。這裡的景色真美，他想，有不少新鮮東西可看，但整片全是綠與藍，而他早已習慣都市的灰與黑，習慣了都市的聲音。交通和對話聲不絕於耳，構成都市的喧喧嚷嚷。

至於這兒，起初是岑寂，他原以為這兒是岑寂的。但等到開始傾聽，真正去聽時，他聽見千百種聲音。絲絲聲、轟轟聲、細微聲，還有蟲鳴鳥唧，以及魚兒跳躍的潑濺聲——這裡有好豐富的聲音啊！都是他陌生的聲音。這裡的色彩對他來說一樣嶄新。所有顏色和聲音在他腦中混雜成一片聽來像是藍綠交融的模糊聲。他聽見嘶嘶響著的脈動，感覺非常疲憊。

疲憊之至。

疲憊得不得了，不知道為什麼，光站著就讓他耗盡力氣。他猜想，這是因為他還處在墜機驚嚇中，而且仍疼痛、暈眩著。好陌生的感覺。

他找到另一棵樹，一棵挺拔高大，只有頂端才見枝椏的松樹。布萊恩背靠著樹坐下，俯瞰湖泊，讓太陽溫暖著他。沒多久，他就蜷縮在地上，再度入睡。

5 我就是我所擁有的一切

他猛然張開雙眼，用力睜開眼睛後立即知道自己的問題。

他渴死了，口渴得要命。不僅嘴巴乾燥，舔起來又臭又黏，嘴唇也龜裂，感覺像在滲血，如果不趕緊喝點水，他覺得自己會乾涸而死。他需要大量的水，需要所有能找到的水。

不但口渴，他也意識到臉上的灼傷。已經過了午後時分，太陽在他沉睡時已行過上方，把他的臉晒烤得像著了火似的，就要起泡、脫皮了。而這非但無助於消渴，反而使情況惡化。因為身上不僅很痛，還非常僵硬，布萊恩只得背靠著樹站起來，俯瞰湖泊。

那裡有水，但不知道能不能喝，從來沒人告訴過他湖水能喝或不能喝。湖底駕駛的影像浮現。

在深藍底部的飛機裡，被緊緊綁住的身體……

真可怕，他想。可是湖水如此湛藍，如此濕潤，而他的嘴巴和喉嚨已乾到要著火，況且不知道哪裡有能喝的水。再說，當他泅出飛機游向岸邊時，恐怕早已吞下不少湖水。電影裡的英雄總能找到一處又純又甜的清泉，可是電影裡既沒有飛機失事，也沒有腫脹的前額、疼痛的身體和口乾舌燥等問題把英雄折騰得無法思考。

布萊恩小步走下湖岸來到水邊。岸邊雜草叢生，使湖水看起來很黑濁，水中還有小蟲子在游動。不過，岸邊有根向湖心伸出約二十呎的圓木，那是以前被河狸推倒的，圓木上仍有幾根老枝椏，就像扶手一樣。他利用枝椏支撐，讓自己在圓木上保持平衡，然後搖搖晃晃地越過雜草與幽黑的水。

移到湖中，見到水既清澈又沒有小蟲浮游，他便在圓木上蹲下喝水。一小口就好，他想，既然不放心湖水水質，喝一小口就好。

但是，當手捧著水送進口中，清涼的水流過龜裂的嘴脣、流過舌頭後，他就無法停止了。他從不曾如此口渴，連在夏天騎長程單車也沒這麼口渴過。彷彿湖水不僅是湖水，而是生命的全部，讓他無法停止。他屈身彎腰，用嘴巴直接喝，不停地喝，牛飲般大口喝，喝到肚子鼓脹，喝到差點從圓木上跌落水中。最後他終於起身，搖搖晃晃地回到岸上。

一上岸，他立刻覺得不舒服，並吐掉大部分湖水。但不再口渴了，喝下的水似乎也減輕了頭疼，可是臉上的曬傷依然如火燒般。

「好吧。」他幾乎要隨著這兩個字跳起來，但這聲音聽來很不對勁。於是他再試一次：「好吧，好吧。我在這兒。」

就是這樣，他想。墜機以來，頭腦首次展開運作，腦筋啟動了，開始思考。

我在這兒——這又是哪兒呢？

我在哪裡？

他又從岸邊回到那棵沒有枝椏的高樹下，背靠粗糙的樹幹坐定。天氣很熱，不過高照的太陽已移到背後，因此他能舒適地坐在樹蔭下。他得釐清事情的來龍去脈。

我在這兒，但不知這兒是哪裡。因為開始思考了，思緒即不斷湧現，結果所有事情瞬間塞爆腦袋，教他無法消受。整個事件變得混亂而且毫無道理。他抑制慌亂的心情，設法一件件釐清。

原本他正朝北飛行，要去找爸爸共度幾個月暑假。駕駛因心臟病發過世。飛機在加拿大北部森林某處墜毀，但他不知道他們飛了多遠、飛向什麼方向、到了哪裡……

慢點，他想著，放慢速度。

我的名字是布萊恩．羅伯森，今年十三歲，現在單獨在加拿大北部森林中。

很好，他想，簡單明瞭。

本來我要飛去找爸爸，但飛機墜毀，沉入湖中。

對，就像這樣，保持簡短思緒。

我不知道自己在哪裡。

這一句沒有任何意義，更正確的說法是，他們不知道我在哪裡。他們代表任何一個想要找到我的人，也就是搜救人員。

他們會搜尋他、搜尋飛機。他的爸爸和媽媽會非常悲痛。他們會把整個世界翻了也要找到他。布萊恩在新聞報導中見過那種搜尋，也在影片裡看過搜尋失蹤的飛機。發生墜機事件時，他們會發動大規模搜尋，而且幾乎總是一、兩天就能找到飛機。因為駕駛會提出飛航計畫，詳細說明預定目的地、起航時間及航線等。所以搜尋人員一定會來，會來找他；搜尋人員會動用政府飛機，在駕駛預定的飛航起降點之間全面搜尋，直到找到他為止。

說不定今天就找到了。他們很可能今天就來了。今天是墜機後的第二天。不對，布萊恩蹙眉，今天是第一天還是第二天？他們是在下午墜機，而他在寒夜中露宿一夜。所以這是真正的第一天。但他們還是可能今天就來。一旦發現布萊恩搭乘的飛機沒有按時抵達，他們就會立刻展開搜索。

對，他們可能今天就來了。

很可能開著水陸兩用、掛有浮筒的小飛機，直接降落在湖面上，接他回家。

回哪個家呢？爸爸家還是媽媽家？他停止思考這件事，反正都無所謂，去爸爸家或回媽媽的家都可以。不管去哪邊，他可能今天半夜或明天清晨就到家了，回到家後能坐下來大吃美味多汁的番茄起士漢堡、雙份薯條加番茄醬，外加濃稠的巧克力奶昔。

他餓了。

布萊恩揉著胃。飢餓感一直都在，只是被恐懼、疼痛壓抑住了。現在想到漢堡，空虛的胃開始發出咆哮。想不到自己會如此飢餓，他從來沒有這種感覺。湖水填滿他的胃，卻無法填飽它；它需要食物，尖叫著要求食物。

但這裡完全沒東西可吃，他想。

什麼都沒有。

電影裡的人像他一樣受困時都怎麼做呢？噢，對了，英雄通常會找到認得的好吃植物，用植物填飽肚子。他會先吃植物吃到飽，再不然就是用可愛的陷阱捕捉動物，然後熟練地在小火上烹煮，沒多久就能有一頓八菜全餐。

布萊恩四下張望，一邊想著：問題是眼前看到的全是青草和灌木。四周並沒有什麼可吃的東西，而且除了千萬隻小鳥和那隻河狸，他沒見到什麼可以用陷阱捕來烹煮的動物。就算他抓到了，也沒半根火柴，生不了火……

什麼都沒有。

這個問題不斷打轉：他什麼都沒有。

嗯，幾乎什麼都沒有。事實上，我並不清楚自己有什麼、沒有什麼啊！他想，或許，我該試著搞清楚狀況。這樣我就有點事情做，邊等著他們來找我，別老想著食物。

布萊恩曾有位名叫裴必奇的英文老師，他總是說人要積極、要正面思考、要能掌握局面。裴老師是這麼說的：要積極，要掌控局面。這時候布萊恩想起了那位老師，思考著這種情況下要怎麼積極、怎麼掌握局面。裴必奇老師只會說，得激發動機。他總是要孩子們激發動機。

布萊恩換個姿勢，屈膝而坐。他把手伸進口袋，掏出所有東西擺在面前的草地上。

東西實在少得可憐：一個二十五美分硬幣、三個一角硬幣、一個五美分鎳幣、兩個一美分硬幣；一支指甲剪；一只裝了一張二十美元紙鈔的紙鈔夾——「萬一困在某個小鎮的機場，你可以用來買東西吃。」媽媽如此交代他。此外，還有幾張零散紙片。

還有，腰帶上竟然還掛著媽媽送的手斧。都忘了有這把手斧！他伸手解下手斧，同樣放在草地上。斧刃邊緣已經生出一抹鐵鏽，他用拇指拭去鏽跡。

就是這樣了。

他蹙眉。不對，等一等，如果打算玩這場遊戲，何不好好正確地玩。裴必奇老師會說：羅伯森，別瞎鬧了，要激發動機，看清楚一切。

他有一雙很好的網球鞋，這時差不多乾了。還有襪子、牛仔褲、內衣、細皮帶、一件T恤，以及破得像破布般掛在身上的風衣。

還有一只手錶。他的電子錶仍在手腕上，可是墜機時摔壞了，錶面一片空白。布萊恩摘下手錶，差點扔了它，出手時又臨時停下動作，將手錶與其他物品擺在一塊兒。

好了，就這樣。

不對，等等。還有一樣東西。面前這些是他擁有的東西，而他還擁有自己呀！裴必奇老師不斷灌輸這樣的觀念：「你是自己最有價值的資產，別忘記這一點。在你擁有的一切中，你是最有價值的。」

布萊恩再度四下張望。裴老師，真希望您在這兒。我肚子好餓，願意用我所有的東西換一個漢堡。

「我好餓！」他大聲說。剛開始是正常的聲調，但愈來愈大聲，最後高聲大喊：「我好餓，我好餓，我好餓！」

一喊完，四周頓時一片寂靜，不僅是他，森林裡的蟲唧鳥鳴也都噤了聲。他的叫喊驚嚇所有生物，使一切靜了下來。他環顧四周，張著嘴巴傾聽，發覺到自己這一生從來沒聽過寂靜——全然的寂靜。生活裡總是充滿聲音，總有某種聲音存在。

寂靜雖然只持續了幾秒鐘，但感受如此強烈，甚至成為他的一部分。一片空無，完全沒有聲音。然後鳥又開始啁啾，蟲又開始嗡嗡叫著，接著又一聲啼囀、一聲呱呱，原本的背景聲音再度回復。

而他依舊飢餓。

布萊恩邊將硬幣和雜物放回口袋、把手斧套入腰帶，邊想著，要是他們今晚就到，或者就算慢一點明天才到，飢餓也還不成大問題。人能在幾天沒有食物、只要有水喝的狀態下還能活命。就算他們明天很晚才到，我也不會有事。或許會瘦一些，但一個漢堡、一杯奶昔及薯條就可以補回來了。

腦海浮現漢堡的影像，它以電視廣告中的模樣，閃電般竄入布萊恩的思緒；豐富的色彩、多汁的漢堡肉、熱騰騰的……

他推開那個影像。心想，就算他們到明天還沒找到他，也不會有事。因為他有很多水可喝，雖然不確定那些水有沒有問題、乾不乾淨。

他再度坐下，背靠著樹幹。有件事讓他不安，但他無法確定到底是什麼事讓他隱約感到焦慮——是關於飛機和駕駛，會讓情況改觀的事……

啊，想到了——駕駛心臟病發時，右腳曾猛然蹬向舵板，飛機因而往側邊轉向。這代表什麼？為什麼這件事一直浮現腦海，刺激著、衝擊著他的思緒？

他的腦海裡有個聲音說：那表示他們可能不會在今晚，甚至明天就來救你。駕駛蹬了一下舵板，飛機隨即轉向側邊，朝新航道飛行。布萊恩記不清飛機轉向程度，其實不管轉了多少，結果都一樣，因為駕駛死亡後，布萊恩在新航線上飛行了好幾個小時。

早已遠離駕駛的預定航線。他以大約一百六十哩的時速飛了好幾個鐘頭。就算只偏離航線一點點，以那樣的速度和那麼長時間，布萊恩現在的位置可能離原定飛航計畫數百哩之遙。

他們剛開始可能會在飛航預定路線上密集搜尋，也可能在略偏離航道處搜尋。但是布萊恩很可能已經和航線距離三、四百哩。他既不知道也無法估計到底飛離了多遠，因為根本不曉得原來的航向，也不知道他們轉向了多少。

轉了不少——他只記得這樣。向側邊猛烈地轉了向。因為飛機轉向時，他的頭也因而重重甩到一邊。

他們大概無法在兩、三天內找到他。他感覺到心跳因恐懼升起而加速。這個想法揮之不去，但他持續抗拒、推阻它，但接著就爆發了。

他們可能很久都找不到他！

搜尋人員可能永遠都找不到他！這個念頭讓他驚恐不已，只好極力壓制，努力保持積極。發生墜機時，他們一向盡力搜尋，會動用大批人員和飛機在航線兩側搜尋，然後察覺他偏離了航線。他曾用無線電與人聯絡，他們總有辦法知道……

不會有問題。

他們會找到他。或許不是明天，但是就快了，就快了。

他們很快就會找到他。

他的思緒如晃動的油般逐漸沉澱下來，驚慌也消失了。就算他們兩天內不會來吧，不，或說三天，甚至四天沒來，他還能接受，也只得接受。他不想假設他們得花更長的時間。但就算四天好了，他也必須有所行動。他不能光坐在這棵樹下，盯著湖面四天。

還有夜晚。他身處森林深處，沒有火柴，無法生火。林子裡有巨獸，有狼，有熊，還有其他東西。天黑時，他只能坐在樹下，置身在開放的空間。

他看了看四周，覺得毛骨悚然。或許此刻有東西正注視著他，伺機而動，天一黑就會撲上來取他的性命。

他摸摸腰帶上的手斧。那是他唯一的武器，幸好還有它。

他得要有個避難所，不只如此，他還要弄些東西吃。他努力起身，拉好背部的T恤，以防再遭蚊子攻擊。他必須採取行動自力救濟。

他想起裴必奇老師，心想，我必須激發動機。此刻，我就是我自己所擁有的一切。我必須有所行動。

6 舊世界與新生活

兩年前，布萊恩和泰瑞曾閒晃到公園附近，都市似乎在那一帶暫時終止，樹林變得茂密，還延伸到一條穿越公園的小河邊。樹木的濃密使那裡感覺很像野外。那個下午，他們玩鬧著、幻想著，還假裝在樹林裡迷了路，兩人還討論起該如何應對。當然，他們想像的是，他們會有各式各樣工具，譬如槍、刀、釣具和火柴等，這樣能夠打獵、釣魚、生火。

泰瑞，真希望你在這兒，他想著，帶著槍和刀，以及幾根火柴來……

那次在公園裡，他倆同意最好的避難所是斜棚，布萊恩這時正打算動手搭蓋一座斜棚。或許可以利用青草、樹葉或細枝覆蓋棚頂，他邊想邊朝湖畔走下去，因為那兒有些柳樹，可以砍來作為骨架。但他突然想到自己應該先尋找適合搭建斜棚的地方，所以決定先探勘一下四周。他希望能待在湖畔，因為他認為即使飛機已沉到湖底，從空中飛過的人還是可能發現它。他不想錯過任何可能獲救的機會。

他的視線落在左手邊的岩丘上。起初，他認為應該貼著岩丘來搭建避難所，但動手前決定勘查岩丘較遠的那邊，結果碰到了好運氣。

利用太陽東升西落的事實，布萊恩判斷岩丘的遠端是北邊。很久以前，它可能曾遭冰河之類的力量挖鑿，因而鏟蝕出一個坳口。這坳口像個側躺的大碗，碗底朝內嵌入岩石突出地面的岩架下方。坳口不很深，不算是洞穴，但很平滑，形成絕佳的屋頂。而且他幾乎能挺直站在岩架下，只需略微低頭以免撞到岩架頂端。部分被鑿出的岩塊在冰河活動的作用下已磨成沙，形成一小段延伸到湖岸邊和懸岩右側的沙地。

這是他的第一個好運。

不對，布萊恩心想，他著陸時就碰到好運氣了。但現在也是運氣好，而他正需要好運氣。

現在他只需要在碗口搭起牆面，留個開口做出入的門，就能擁有完美的避難所。這比斜棚堅固而且乾燥，因此這片懸岩可以充當防水屋頂。

他爬回岩架下方坐下。裡面受到遮蔭的沙子涼涼的，這份涼意讓他的臉部也感覺舒服極了，因為臉已經開始起泡，額頭的腫脹處也起了水泡，痛苦難當。

他相當虛弱。只是繞過岩丘後方，稍微爬上岩頂，他的雙腿就軟了。能在岩架底下的蔭涼沙地小坐，感覺真好。

現在，他想，如果能有東西吃多好。

什麼東西都好。

稍事休息後，他又回到湖邊喝了幾口水。他並不很渴，而是以為水能幫助舒緩飢餓感。結果並沒有，清涼的湖水更讓他感覺飢餓難耐。

他想拖木材來搭建懸岩下的牆面，但拾起一根木頭要拉時，兩隻手臂竟虛弱得拉不動。當下他便知道這不單是墜機使身體和頭部受傷的關係，也因為飢餓而變得虛弱。

他必須找東西吃。在做其他事情之前，他非得先找東西果腹才行。

但要找什麼呢？

布萊恩背靠岩石，凝視著湖水。在這個地方，能有什麼東西吃？他太習慣茶來伸手、飯來張口的生活。肚子餓了就去找冰箱、去商店，或者坐下來享用媽媽準備的飯菜。

哦，他想著，想起了一餐飯——哦。去年的感恩節，最後一次全家聚在一起的感恩節，媽媽在那之後的一月要求離婚，爸爸也從家裡搬了出去。那時布萊恩已經知道那個「祕密」，但沒料到父母會因此而離異，還以為問題能夠解決。爸爸至今仍然不知道那個「祕密」，但他會設法告訴他。碰面的時候就告訴他。

感恩大餐是火雞。他們在後院的烤肉架上，用炭火烤著火雞。爸爸在木炭上擱了些山胡桃木屑，讓烤火雞的香味和山胡桃木的煙熏味充滿了整個院子。爸爸帶著微笑掀開緊蓋的烤肉架，烤肉散發的香味令人垂涎欲滴。他們坐下享用，火雞肉豐美多汁，還帶著煙熏的滋味……

他不能再想了。這不僅讓他口水直流，胃也開始絞痛、咕嚕作響。

這裡有什麼東西可吃？

以前讀過或看過什麼教人認識野外食物的資訊嗎？應該有吧？對了，有個電視節目曾介紹空軍飛行員和他們的求生訓練課程。他努力回想節目的內容。那些飛行員要在沙漠中求生。節目把他們帶到亞利桑那州或類似的沙漠地帶，他們必須在那裡生活一星期。他們得找到足夠存活一個星期的食物和水。

水，他們把一張塑膠布做成露水容器來集水；至於食物，他們以蜥蜴為食。

就是這樣。布萊恩有很多水，也知道加拿大森林的蜥蜴數量不多。節目中有位飛行員利用手錶的水晶錶面充當放大鏡，對準太陽聚光生火，這樣他們就不必生吃蜥蜴。但布萊恩的錶是電子錶，沒有水晶鏡面，所以沒有用。因此那個節目對他幫助不大。

等等，還有。飛行員中有位女性在灌木叢裡找到某種豆子。她把豆子和蜥蜴加在一塊兒，用撿到的錫罐煮成燉肉——豆子燉蜥蜴肉。這裡沒看到豆子，但一定有莓果。附近一定有莓果叢，森林裡充滿了莓果叢，大家都這麼說的。其實他從沒聽誰這麼說過。但覺得應該是這樣沒錯。

一定有莓果叢。

布萊恩站起來，走到外面的沙地上，抬頭看看太陽。太陽依然高照，他不知道現在到底幾點。要是在家，太陽像這樣高照的話，就是下午一、兩點。在家裡的下午一、兩點，媽媽正在收拾午餐盤碟，準備去上運動課程。不對，那應該是昨天。今天她應該正準備去見他。今天是星期四，她總是在星期四去見他。星期三上運動課，星期四去見他。火熱的恨意衝進腦海，激起後又退回。要不是媽媽開始與他約會，又硬要離婚的話，現在他就不會在這裡。

他搖搖頭。他得停止這種想法。既然太陽仍高掛著，就表示在天黑以前，他還有時間尋找莓果。他可不想在天黑時遠離他的……他差點把避難所想成家了。

他不想天黑時還在樹林裡逗留。他也不想迷路，若迷了路，問題可就大了。在這裡，他只認得眼前的湖及背後的丘陵和岩丘。若讓它們離了視線，他可能就會團團轉，找不到回去的路。

他得去找莓果，但必須讓湖或岩丘保持在視線內。

他看著湖畔，面向北方。一段長約兩百碼的距離內，視野相當清晰，只見高聳的松樹。除了頂部之外，那些松樹的其他部位都沒有枝椏。微風在松林間發出颼颼松濤，但不見矮灌木叢生。可是在兩百碼遠處，似乎有一排茂密的矮灌木開始延伸，灌叢高約十至十二呎，形成一堵無法看穿的牆。鬱鬱蒼蒼的灌叢似乎環繞著湖畔，但他無法確定。

他覺得這一帶假如有莓果，應該是長在那排灌叢內。他想，只要緊臨湖畔，讓湖水保持在右手邊，他就不會迷路。等要回頭或找到莓果時，只須轉身使湖水變成在左手邊，再往回走，直至走到這個岩丘和他的避難所。

簡單。讓事情保持簡單。我叫布萊恩．羅伯森，遭遇墜機意外，現在要去找食物，去找莓果。

布萊恩走得很慢，他的關節仍在痛，而且餓得虛弱無力。他沿著湖岸慢慢上行。前方的樹上有好多小鳥在陽光下歌唱。有些鳥他認識，有些不認識。他看見一隻知更鳥、某種麻雀，還有一群橘紅色的厚嘴鳥，約有二、三十隻這種鳥聚集在一棵松樹上，非常吵雜。當他走到松樹下，鳥群便朝前方飛走。他看著牠們飛去，盯著這一片濃綠中的閃亮色彩，竟就這樣找到了莓果。那些小鳥停在一種狀似柳樹，但較高且有闊葉的底層植物上，開始跳躍、吱喳了起來。起初由於距離太遠，看不出牠們在做什麼，但牠們的顏色吸引了他。布萊恩向鳥群走近，仍讓湖泊保持在右邊的視線內，靠近後便看見小鳥在吃莓果。

他不敢相信事情會這麼容易。彷彿是小鳥直接引領他到達莓果叢。樹叢的細枝向上伸展了約二十呎，一串串鮮紅的莓果讓細枝沉重得下垂。這種莓果只有葡萄一半大，但成串生長的樣子很像葡萄。看見它們在陽光中閃著紅光時，布萊恩幾乎叫了出來。

他加快腳步，不一會兒便置身其中。他驅散小鳥，抓著樹枝拔下莓果，塞了滿嘴。

他差點吐了出來。倒不是因為味道是苦的，而是不但毫無甜味，還有一種刺刺的酸味，讓他嘴巴發乾。它們也和櫻桃一樣有大顆核籽，很難咀嚼。可是他如此飢餓、如此虛弱，根本無法停手，只是一直剝著枝條上的莓果，整把整把地抓著往嘴裡塞，連核帶肉統統吞下肚。

他停不下來，最後肚子塞滿了，卻飢餓依舊。兩天沒有進食一定使他的胃縮小了，但飢餓感仍然存在。他想到那群小鳥，想到走後鳥群會重返樹叢吃這些莓果，於是用破風衣充當袋子，摘個不停。最後，判斷外套裡已有將近四磅莓果後才不再摘取，並回到岩丘旁的營地。

現在，他想，現在我有食物了，可以開始動手打點這個地方了。他看了一下太陽，知道離天黑還有一點時間。

真希望我有火柴，他感嘆地看著沙地和湖畔。到處是漂流木，更別提山丘上滿是枯死乾燥的木材，還有每棵樹上掛著的枯枝。一堆柴火，但沒半根火柴。他想，人們以前是怎麼生火的？用兩根棍子互相摩擦嗎？

他把莓果塞進岩架下方的蔭涼處，然後找來兩根棍棒。摩擦了十分鐘後，再摸摸棍棒，幾乎是涼的。這行不通，他想。他們不是這樣生火的。他悻悻然地扔了棍棒，不生火了。但他還是可以動手處理他的避難所，讓它更……不知為何，此時他的腦海閃過「安全」這個字眼，他得讓它更適合住人。

要把它圍起來，他想，稍微圍起來些。

他開始把湖中的枝條拉上來，又從山丘上拖來枯死的長樹幹，但始終讓湖水和岩丘保持在視線內。他利用這些枝幹在岩丘坳口前方交錯地編成一面牆。他花了兩個多小時完成，中間休息了幾次，因為仍感到虛弱，一度覺得胃部一陣陌生的刺痛，一種緊縮、翻攪的感覺。太多莓果，他想，我吃太多莓果了。

但劇痛很快就消失了。他繼續工作，一直忙到整個岩架前方都有了遮蔽，只在右邊盡頭、最靠湖的那側留了個大約三呎寬的小開口。進去後，他發覺自己置身一個將近十五呎長、八至十呎深的空間，岩壁則向內斜傾到後方。

「很好，」他點著頭說：「很好……」

外面太陽逐漸沉落。最後，在涼氣初現的那一刻，蚊子又來了，如雲霧般籠罩著他。就算沒有早上那麼糟，蚊群仍非常濃密難耐。他不停地揮趕手臂上的蚊子，最後受不了了，只得倒出莓果，穿上那件破外套。至少外套袖子能遮蓋他的手臂。

此時夜幕迅速低垂，他把自己裹在外套裡，爬回岩丘下方縮成一團，試著入睡。雖然他已疲憊至極，身上也仍有些疼痛，可是睡意久久不來。直到傍晚的涼意轉成夜的寒氣，蚊子也少了，他才覺得安穩。

最後，在胃部努力翻攪莓果之際，布萊恩睡著了。

7 甜美的生命驚奇

「媽！」

布萊恩驚叫著醒來，卻無法分辨是因為驚叫聲，還是胃痛而醒轉。腹部的劇烈絞痛讓他在漆黑的棚屋中彎著身子，俯趴在沙地上，一遍又一遍哀號著：「媽，媽，媽……」

從沒有這樣過，從來沒有。感覺好像所有莓果、所有核仁正在他的體內爆炸，要將他撕扯開來。他爬出棚屋門口，在沙地上感到一陣噁心；再爬遠些，又再次作嘔，上吐下瀉了一個多鐘頭。等腸胃掏空、力氣耗盡後，他感覺好像過了一年多。

之後他爬回棚屋，再度癱在棚內的沙地上。這時，他已無法入睡，但除了躺著，什麼也不能做。腦中的記憶再度浮現。

在購物中心的細節重現。媽媽和那個男人坐在休旅車中，她靠過去吻了他，親吻那個金色短髮的男人。那不是友誼的吻，而是親嘴。她轉過頭，用她的嘴貼著那不是他爸爸的金髮男人的嘴，嘴對嘴地吻著，一隻手還同時撫摸著他的臉頰和前額。布萊恩目睹了這一幕。

目睹媽媽和那金髮男人所做的事，目睹那個吻，那個爸爸全然不知的「祕密」。

回憶，歷歷在目，他仍能感受到購物中心那天的溫度；也還記得自己的焦慮，擔心泰瑞會轉頭看見媽媽，記得那股為此感到羞辱的焦慮。回憶逐漸模糊，布萊恩再度入睡……

醒來。

一時之間，他不知身在何處，以為自己仍在夢中。但當他看見陽光從棚屋敞開的入口灑入，聽見耳邊蚊子不懷好心的嗡嗡聲時，就想起來了。他拂拭著被蚊子叮了兩天、滿布腫塊咬痕的臉，驚訝地發現前額的浮腫已消退大半，幾乎消平了。

一股臭氣熏人。他一時想不起是怎麼回事，但看見棚屋後方那堆莓果，便記起了夜裡嘔吐的情形。

「吃太多了，」他大聲說：「吃太多『噁吐』莓了……」

他爬出棚屋，找到被弄髒的沙地，拿棍棒撥弄乾淨的砂子掩埋穢物，盡可能地清理乾淨，然後到湖畔洗手、喝水。

正值破曉時分，湖水非常沉靜，靜到他能從水面看見自己的倒影。那影像嚇壞了他——受傷流血、腫得凹凸不平的臉，頭髮糾結，前額一道割傷雖已癒合，髮絲因與血漬結痂而黏在一起；眼睛因蚊蟲叮咬而腫得只剩兩道小裂縫；全身不知為何盡是沙土。他伸手擊打水面，摧毀那面鏡子。

好醜，他想，非常、非常醜。

剎那間，他因自憐自艾而瀕臨崩潰。又髒又餓、遭叮咬、受傷；孤單、醜陋又害怕，悽慘之至，猶如身陷無底深淵，無處可逃。

他跌坐在湖岸上，壓抑著不哭出來。但隨後還是任自己失聲哭了三、四分鐘，流出毫無希望、自憐自艾、無益的眼淚。

他起身回到水邊，喝了幾口水。冰涼的湖水一抵胃部，飢餓感隨即又變成劇痛。他抱著肚子，直到飢餓的絞痛退去。

他得吃東西。他再次因飢餓而虛弱得無法站立。他必須進食。

棚屋裡還有一堆莓果，他為了拿風衣而倒在地上的莓果——現在他暱稱這種莓果為「噁吐莓」——他想到可以吃點噁吐莓，但不能再像上次那樣狂吃。上次就是吃太多，才會在夜裡又瀉又吐，不過還是可以吃點來解飢。

他爬回棚屋。莓果上停滿了蒼蠅，他揮走蒼蠅，挑出熟透了的莓果，不是淡紅色，而是已呈暗紫紅到黑色的豐滿熟果。他雙手捧著挑過的莓果，回到湖畔清洗。當他潑水清洗莓果時，小魚兒四散逃開，這讓他想到，如果有釣線和釣鉤該多好。他小心地吃起莓果，並吐掉核仁。這些果子雖有一絲甜味，但仍然很酸，同時讓他的嘴脣略微發麻。

吃完後，肚子仍餓，但不再疼痛，雙腿也不像先前那麼虛弱無力。他返回棚屋，又花了半小時挑撿剩下的莓果，將熟透的集中一堆，放在一些葉子上，其餘的另成一堆。挑撿完成後，他用湖邊拔回來的青草覆蓋兩堆莓果，以隔絕蒼蠅，接著又走出棚屋。

噁吐莓真是難吃的莓果，他想。但畢竟是食物，至少能果腹。今兒晚上，如果沒其他選擇的話，就再吃點兒來止飢。

眼前，他有整天的時間。他從樹林間隙看著天空，看到空中散布著雲朵，但看來不會下雨。微風徐徐，蚊子似乎也因而停息。他的目光掃視湖畔，心想，這裡既然有這種莓果，就應該還有別種莓果，而且是甜的莓果。

如果他像昨天那樣，讓湖保持在視線內應該就沒問題，應該就能順利返家——他頓住了。這回他真的用了這個字眼。

家。三天，不，兩天才對，還是三天才對呢？對，這是第三天，而他已經把避難棚屋想成是「家」了。

他轉頭注視棚屋，研究這個簡陋的成果。用樹枝搭成，還算像樣的牆面，縱然無法抵擋所有天候，至少阻擋了風的吹襲。他做得並不差。或許它不大，但他可能也只能以此為家了。

好吧，他想，就稱它為「家」吧。

他轉身走向湖邊，手中拎著風衣當提袋，朝嗯吐莓叢前進。情況雖壞，他想，或許沒那麼糟。

或許他能找到較好吃的莓果。

走到嗯吐莓叢時，他停了一下。灌叢裡不見小鳥，但依然有許多莓果。昨天才剛轉成紅色，現在都變成暗紫紅到黑色了。莓果比昨天成熟多了。或許他應該採些回去保存。

但夜裡的慘劇記憶猶新，於是他決定繼續前進。嗯吐莓雖是食物，卻得小心吃。他得找到更好的食物。

繼續沿湖岸上行百碼，又是一處遭風侵襲撕扯的路徑。他想，這肯定是相當猛烈的強風，才能把林地掀成這樣。因為這一帶都是他墜機時所見到的路徑。這裡的樹木並非整棵倒臥，而是攔腰扭斷。樹的上半截因倒落腐朽而不見蹤跡，留下斷牙般伸向天空的殘幹，也造就了成堆枯木。布萊恩再次希望能升起火堆。這裡也因樹木缺少冠層，陽光得以照到地面，進而形成一片開闊區域，還滿布長滿莓果的矮小棘叢。

樹莓！

布萊恩認得樹莓，因為公園裡也有樹莓叢，和泰瑞騎車經過時總會摘來吃。這些樹莓已成熟飽滿。他嘗了一顆，滋味甜美，而且完全沒有噁吐莓的問題。雖然它們不是成串生長，但數量足夠，且容易採摘。布萊恩笑著吃了起來。

真是甜美的莓汁，他想，是帶點生味的甜。他邊摘邊吃，吃了又摘，覺得從沒嘗過這麼好吃的東西。沒多久，他就和先前一樣，脹飽了肚子。但這回他保持理性，不再拚命多吃，反倒多摘了些放進風衣。布萊恩一邊感受照射在背上的朝陽，一邊感到自己好富足；現在他有了豐足的食物，真是富有。這時他聽見身後傳來細微的聲音。他轉身，看見了那頭熊。

他怔在那裡，無法思考。沾染莓汁的舌頭黏貼著上顎，雙眼凝視著熊。那是一頭有著棕色鼻子的黑熊，離他不到二十呎，好大，不，是巨大，擁有一身黑毛的巨熊。他曾在市區動物園看過一頭黑熊，但那是來自印度或其他地方的熊。現在出現在眼前的則是一頭野生熊，不僅遠比動物園的熊龐大，而且就在眼前。

就在眼前。

太陽照在牠的背毛末端，一頭用後足站立、烏黑油亮的熊，挺起半身，研究著布萊恩，只是研究。然後牠放低身體，慢慢向左走去，一邊搖搖擺擺前行，一邊大啖樹莓，優雅地努著嘴，從枝椏上一顆接一顆地摘食莓果。不消幾秒鐘，牠便不見蹤影。大熊已無影無蹤，但布萊恩仍在原地無法動彈；舌頭還黏貼上顎，舌尖半露，兩眼圓睜，伸向樹莓的兩隻手也仍懸在半空中。

接著，他發出了一種低迴的聲音：「ㄋㄋㄋㄋㄋㄍㄍㄍ」。毫無意義，只是恐懼的聲音，只是難以相信如此龐然大物能在他毫未察覺的情況下靠這麼近。那頭熊就這麼走向他，本可一口將他吞了，而他也無能為力。顫抖半晌後，兩條腿終於有了動作，卻是布萊恩完全無法控制的行動。他的腿開始朝熊離去的反方向奔馳，奔向棚屋。

他一路驚惶奔跑，跑了大約五十碼後，腦袋才回神。於是他慢慢放緩腳步，最後停了下來。

他的腦子說道：那頭熊真要的話，早就吃了你。這是一件需要了解，而不是要逃離的事，布萊恩想著。那頭熊在吃莓果，不是吃人。

那頭熊沒有採取任何傷害你或威嚇你的動作，牠只是站起來仔細瞧你、研究你，之後就繼續走牠的路、吃牠的莓果。牠是頭大熊，但並不想要你，不想傷害你。這才是該好好理解的事。

他轉身回顧那叢樹莓。熊已經離去，鳥兒唱著歌。他沒看到任何能傷害他的事物。他察覺或感受不到任何危險。都市裡的夜晚潛伏著危險，也因為夜裡會有危險，天黑後不可以在公園逗留。但這兒，那頭熊打量過他之後就離開了。再說，他滿腦子想的都是，樹莓滋味好好啊！滋味真好。又甜又營養，而他的身體如此虛弱。

而且那頭熊等於表明了不介意分享，才會從他身旁離去。

而且那樹莓的滋味真是好啊。

最後又想到，假如不折回去摘樹莓，今天晚上就得再吃嘔吐莓了。這個念頭說服了他。於是，他慢慢走回樹莓叢區，繼續摘樹莓摘了整個上午，但保持高度警戒。有一度不過是隻松鼠在樹下的松針間發出窸窣聲，便把他嚇得魂飛魄散。

約莫正午，太陽幾乎直射頭頂的時候，雲層開始增厚，天色變暗，不一會兒就下雨了。布萊恩拿起摘好的莓果，急忙跑回棚屋。他已經吃下大約兩磅樹莓，外套捲成的袋子裡可能也裝有三磅樹莓吧。

回到棚屋時，雲層正完全展開，大雨滂沱。外面的沙地不僅濕透，還形成小水流注入湖中，棚屋裡的他既乾爽又舒適。他將採回的樹莓和挑過的噁吐莓放在一起，同時注意到樹莓汁滲透了外套。樹莓比噁吐莓柔嫩，顯然是因彼此擠壓而破裂。

布萊恩把外套舉高，看見衣服下面流著紅色莓汁。他用手指蘸點來嘗，覺得果汁又甜又帶有強烈生味，就像無泡汽水。他咧嘴一笑，就地躺在沙地上，將提袋高舉在臉部上方，任隨滲出的汁液滴入口中。

外頭下著傾盆大雨，布萊恩卻躺著啜飲莓果甜汁，身體不僅乾爽、疼痛幾乎消失，也不再感覺僵硬；肚子飽足，嘴裡還有甜美的滋味。

這是墜機以來，布萊恩第一次沒有只想到自己，沒有掛念著性命。他猜想著，那頭熊在莓果叢中發現另一個生物時，是否和他一樣驚奇。

稍晚，夜幕低垂之際，布萊恩到湖邊清洗臉上和手上黏膩的莓果汁，然後返回棚屋。

布萊恩雖然接受，也了解那頭熊無意傷他的事實，卻無法甩去牠的身影。黑暗籠罩棚屋時，他從腰帶上解下手斧，放在頭旁邊，一隻手握著斧柄。想到這一天多麼累人後，他睡著了。

8 來自夢中的金色啟示

起初，他以為那是一陣嗥叫。半夜三更，布萊恩在漆黑的棚屋中醒來，睜開雙眼，以為剛剛聽見一陣嗥叫。其實是風。一陣強風吹過松林，發出的聲響讓他驚醒。坐直上身，他立刻聞到了那股氣味。

他驚恐萬分。那是一種腐臭味，發霉的腐臭味，讓他聯想到蛛網密布、塵埃堆積、死者久埋的墓穴。他的鼻孔大張，雙眼圓睜，卻什麼也看不見。太暗了，雲層把微弱的星光也遮蔽了，一片漆黑，伸手不見五指。但那氣味卻是活的，活靈活現地瀰漫了棚屋。他想到那頭熊，想到大腳野人，想到他曾看過的所有恐怖電影裡的每一種怪獸。他緊張得心臟幾乎要從喉嚨蹦出來。

接著，他聽見滑行聲，腳邊一陣滑行疾馳的聲音。他用盡全力向外踢，更拿起手斧丟向那個聲音，喉嚨還發出吼叫。可是手斧打偏了，滑向岩牆，在擊中岩石的剎那擦出一陣火花。他的腿則像遭到百針扎刺般，頃刻間椎心劇痛，「嗚！」

疼痛加上恐懼讓他驚叫了起來，以背躺的姿勢滑到棚屋一角。他張大嘴巴呼吸，並使勁張開眼，想要看清楚、聽清楚。

滑行聲再度移動，起初他以為是向自己靠近，驚駭得無法呼吸。他覺得自己看到一個低矮的深色形體——黑暗中一團身軀，一個活生生的影子。可是牠遠離了，邊滑邊發出刺耳的摩擦聲離去。布萊恩看見，或覺得看見了牠從門口出去。

布萊恩側身躺了好一會兒後，才大吸一口氣，然後屏息靜聽攻擊者有沒有折返。確定那影子沒有折回，他才摸摸小腿；痛楚以小腿為中心，擴散到整條腿。

他用手指輕輕觸摸，摸到一叢穿透長褲、插入小腿的針刺。針刺外露的尾端又硬又銳利。於是，布萊恩知道攻擊者是誰了。一隻豪豬意外闖入了他的棚屋，布萊恩用腳踢牠時，豪豬隨即以尾巴上的針刺回擊。

布萊恩小心地觸摸每根刺，痛得彷彿有幾十根針刺戳在腿上，其實只有八根，但它們緊緊地把長褲釘在他的皮膚上。布萊恩靠牆歇了一會兒。那些刺不能一直插著，必須拔出來。但他只要稍碰一下，疼痛便更加劇烈。

瞬息萬變，他想，事情的變化真快。臨睡前他還感到非常滿足，轉眼間一切都不一樣了。他抓住一根刺，屏息拔起。劇痛感直衝大腦；再握住一根拔起，又拔一根。連拔四根後，他暫停了片刻。那疼痛已由單點的傷痛變成擴散到整條腿的熱痛，讓他不停喘氣。

有幾根刺扎得比較深，拔起時會造成撕裂般劇痛。他先吸足兩大口氣，吐出半口，繼續拔刺。猛力一拔、暫停、再猛力一拔，如此又拔了三回後，才在黑暗中倒下，總算拔完。此時整條腿疼痛不已，而疼痛又讓他開始自憐自艾。獨自坐在黑暗中，不但腿痛得不得了，蚊子又來騷擾，他哭了起來。真是太過分，太過分了，他受不了了！沒辦法這樣繼續下去。

我無法再這樣下去了，獨自一人，在沒有火光的黑暗中度日。下次的遭遇可能更慘，也許會來一頭熊，那就不只是幾根刺插進腿肚，而是會更加悽慘。我辦不到啊！

他一遍又一遍想著，我辦不到！布萊恩在洞穴一角，拖著逐漸僵硬的左腿，慢慢撐起上身，坐直，頭枕著胳臂趴在膝蓋上開始哭泣，哭到筋疲力竭。

他不知道自己哭了多久。後來回顧這個在暗穴角落獨自哭泣的時刻，他認為，就是在當時學到「求生」最重要的守則，也就是自憐自艾沒有用。自憐不僅是錯事，是不該做的事，更重要的是——自憐根本無濟於事。他獨自坐在黑暗中哭泣，哭到筋疲力竭，哭到最後，卻什麼也沒改變；腿依然負傷，四周依然一片漆黑，他也依然孤獨一人。自憐自艾成就不了任何事。

布萊恩終於又睡著了，但他已開始產生變化，睡眠也變得輕淺，是一種休息式的假寐，而不是沉睡。夜裡他又兩度因細小的聲響醒來。在清晨成群蚊子報到前的黎明淺寐中，他做了個夢。這次夢見的不是媽媽，不是那個「祕密」，而是夢見爸爸，也夢見他的朋友泰瑞。

夢境一開始，爸爸站在客廳一隅看著他，帶著一副想對他說些什麼的表情。爸爸的雙脣在動，卻沒有聲音，沒有一絲低語。他對著布萊恩揮手，又在面前比劃著像在刮東西的動作，還設法用嘴巴傳達一個字，但布萊恩看不清楚。接著他用嘴脣做成「ㄇㄇㄇ」形，但仍然沒聲音。「ㄇㄇㄇ——ㄇㄚㄚ」，布萊恩就是聽不見，也不明白。他急切想了解爸爸想傳達的意思，知道他一定想說什麼非常重要的事。爸爸拚命想要幫忙，但布萊恩卻無法明白，爸爸顯得很氣惱，就像平常布萊恩重複提問時所見到的表情。後來影像淡去，父親化成一片朦朧，布萊恩什麼也看不見，夢也幾乎結束了。就在夢要結束時，泰瑞出現了。

他並沒有對布萊恩比手畫腳，只是坐在公園椅子上，看著烤肉的營坑，好一會兒都沒動靜。後來他起身把袋子裡的木炭倒進炊具中，接著倒入助燃液，再用彈擊式打火機點燃液體。當液體引燃，炭火終於燒起來後，泰瑞轉身，夢中的泰瑞首次注意到布萊恩。他轉身笑了笑，指著火，像是在說，你看，有火。

除了確實盼望有火外，這一幕對布萊恩來說毫無意義。他看到泰瑞身旁的桌上有個購物袋，覺得裡面一定裝了熱狗、薯條、芥末醬等，想到的盡是食物。但泰瑞搖搖頭，又指向那堆火。他連續再指了兩次，要布萊恩看著火焰。布萊恩感受到泰瑞的沮喪和氣惱，便想：好啦，我看到火了，但又怎樣呢？我就是沒有火呀。我認得火，我知道我需要火。

這我知道。

布萊恩張開眼睛，洞裡有光線，一道灰暗的晨光。他抹抹嘴，嘗試移動那條已經僵硬得像木頭的腿。他口渴了，肚子也餓，於是吃了點外套裡的樹莓。它們有些腐壞了，似乎比昨天更軟、更糊，但甜味仍濃。他用舌頭頂著上顎擠壓莓果，讓甜美的莓果汁流入喉嚨。此時，一道金屬閃光引起他的注意。他看見沙地上的手斧，他摸黑擲向豪豬的手斧。

他撐起上身，彎曲已僵直的腿時，讓他痛得咬牙，然後爬到手斧旁。

他舉起手斧仔細打量，看見斧刃上方有個小缺口。

雖然缺口不大，但手斧對他非常重要，是他唯一的工具，實在不該亂丟。應該隨時拿在手裡，應該製造某種工具來驅逐野獸。他想，就做根長杖吧，或是長矛，但手斧要留好。手握手斧之際，他想到了什麼，是與那場夢、與爸爸和泰瑞有關的事，不過無法具體說出究竟是什麼。

「啊！……」他爬到洞外，站在朝陽中伸展背部肌肉和痠疼的腿。舒展身體時，他手裡仍握著手斧，高舉至頭頂的手斧因而映照到朝陽的第一道光芒。那第一道幽光照射到銀色手斧，一道明亮金光在晨曦中閃耀而出，宛如火焰。這就是了，他想，這就是他們想要告訴我的。

火！這把手斧就是關鍵。當他在洞裡朝豪豬丟擲手斧打偏時，手斧擊中岩壁，擦出一串火花。那陣黑暗中的金色火花，就與此刻的太陽一樣，閃耀著火焰般的金光。

手斧就是答案，就是父親與泰瑞試圖告訴他的。他可以設法從手斧上得到火。火花能引燃火焰。

布萊恩回到棚屋研究那面牆。那是某種白堊花崗岩或沙岩，但其中還嵌了些大片的深色岩塊，又硬又黑的岩塊。沒多久，布萊恩便找到手斧擊中岩石的位置。手斧鋼刃在一片深色岩石邊緣擊出刻痕。他將斧刃轉向，用手斧平坦的斧背輕敲黑色岩塊。太輕了，什麼都沒有。他更用力點敲，斜揮一擊，兩、三枚微弱火星由岩石蹦出，隨即消逝。

他以側擊的方式，更用力揮出，讓斧頭摩擦得更久。黑色岩塊應聲迸出火焰。火花密集迸濺，還在岩石下方的沙地上飛跳了一番。他笑了，一遍又一遍地敲擊。

他想，就要有火了。他邊敲邊想著，我要在這裡生火，我要從這把手斧上製造出火焰。

9 飢渴好「火」伴

布萊恩發現，從火花到火，是一段漫長的過程。

顯然，得有什麼可以讓火花著火的東西，譬如火種或乾木柴之類。但是有什麼呢？他到外頭拿了些乾草進來，在乾草堆中敲出火花，卻眼巴巴看火花熄滅。他試著將細樹枝折成碎片，不過效果比乾草還糟。所以，他將乾草與細枝兩者合用。

沒有用。敲出火花並不難，但是熱燙燙的石頭或金屬——他不知道究竟是哪個——所產生的那一點火花，劈啪作響後旋即消失。

他懊惱地跌坐在地上，望著那堆可憐的乾草和細樹枝。

他需要更有用的東西，可以引燃星星之火，絨毛般既細又軟的東西。碎紙屑應該不錯，可惜他沒有紙。

「就差一點點，」他大叫：「就差那麼一點點……」

他將手斧掛回腰帶上，瘸著疼痛的腳走出棚屋。非得有個什麼東西不可。人類老早就會生火。人類用火的歷史已經數千年、數百萬年。一定有辦法的。他掏掏口袋，在皮夾裡找到一張二十美元紙鈔。是紙耶！在這裡一文不值的紙。但如果能用來引火……

他把這張二十美元鈔票撕成碎片，攏成一堆，在裡面敲擊火花。但毫無動靜，無法點燃。一定有辦法——一定有辦法點燃。

在他右手邊不到二十呎遠的湖畔，有好幾棵斜向水面的樺樹。他呆望著它們足足半分鐘後，心間才閃過一絲念頭。它們漂亮的白色樹皮，就像乾淨而稍帶小斑點的紙張。

紙！

他朝那幾棵樹走過去。只要是樹皮剝離樹幹的地方，都會伸出絨毛般的小卷鬚。布萊恩扯下一些卷鬚，纏繞在指間。它們不僅乾燥，而且像撲了粉般，似乎很容易燃燒。布萊恩在這些樹上又是拉又是捲，一手拉扯，一手抓住，直至收集到棒球般大小的量。

隨後布萊恩回到棚屋，將那顆樺樹皮球剝開，排放在黑色岩石底部。他想了想，又把那張二十美元紙鈔的殘餘碎片丟進去。斧頭一敲，一道火花竄入樹皮之中，而後迅即消失。但這一回，一枚小火星掉落在乾樹皮的毛鬚上——幾乎可以說是一塊樹皮——而且熄滅前似乎燒旺了些。

引火材料必須更好一點。火花必須有個輕軟且精心設計的窩。

我得替那些火花造個「家」，他想。要有個完美的家，否則它們不會待著，也不會著火。

他開始撕樹皮。最初用指甲撕扯，卻撕不動，便改用手斧尖銳的那端，將樹皮切成細到彷彿不存在的小薄片。這是一件煞費心力的慢活兒，他持續工作了兩個多小時；期間僅中斷過兩次，一次是去抓莓果吃，一次是到湖邊喝水。回來繼續工作時，太陽已晒到他的背了，終於做成一顆葡萄柚大小的絨毛球——乾樺樹皮絨毛。

布萊恩把他的「火花窩」——這是他想出來的名詞——安置在岩石底部，並用拇指在中央按出一個小凹洞；接著，用力把手斧斧背朝那塊黑色岩石敲擊下去。一串火花彷如雨下，大多未掉入「火花窩」，但有一些、大概三十幾枚落進那個凹洞，其中六、七枚接觸到燃料且點燃，悶燒了一下後，樹皮熾熱泛紅。

火花隨即熄滅。

快了——他快做到了。他重新擺置這個窩，用拇指按個新的小凹陷，再次敲擊。火花更多了，稍稍點燃，隨即又消逝。

他想，是我的問題，我一定做錯了什麼。我不會——山頂洞人早就會生火，克羅馬儂人也早就會生火了——我就是不會，不會生火。

或許火花不足吧。他重新設置那個火花窩，並一鼓作氣盡可能快速地連續敲擊岩石。火花飛竄如黃金水瀑。一開始好像奏效了，無數火花覓得生機且火光乍現，但沒多久依然全部消逝。

好餓！

他頹然跌坐。那些火花跟我一樣，也快餓死了。問題不在數量，火花已經夠多了，需要點別的。

他突然心生一念，為了火柴，我肯定會殺人。一包，即使只是一包火柴，我也會殺人。

火到底如何生成？他回想起學校，回想起所有科學課程。他是否學過如何生火？是否曾有老師站在講台上說道：「生火的方法就是……」

他搖搖頭，試著集中思緒。生火需要什麼？你得有燃料，他想——這個已經有了。樺樹皮就是燃料。氧氣——必須要有空氣。

他必須增加空氣，必須煽風吹氣。

他再次將火花窩擺好，向後緊握手斧，全神貫注，然後迅速連敲四下。火花落下時，他盡快地向前俯身吹氣。太賣力了。原有一道亮光，幾乎可以說是烈焰，但旋即不見。被他吹熄了。

再次連連出擊，敲出更多火花。他俯身吹氣，不過這回輕輕地吹，屏住氣，將嘴巴吹出的氣息對準最燦亮的目標。五、六枚火花落在一綹密實的樹鬚內，於是布萊恩傾全力在那團毛鬚上。

火花在他輕柔的吹呼下茁壯。紅色熾熱由小火花竄進樹皮，移動，擴大，變成了火蟲。熾熱的火蟲爬上樹皮卷鬚，與其他樹皮會合，壯大，大到一個如二十五美分硬幣大小的紅色區域，也就是成為一個紅炭。

當他吹完氣，得停下來再吸口氣時，那顆火球霎時化為烈焰。

「火！」他大叫：「有火了！有了，有了，有火了……」

不過，這道濃密的火焰燒得好快，那顆樹皮球如同汽油般地，很快就要被消耗殆盡。他得供給燃料，讓它們持續地燃燒。他盡速行動，小心翼翼地把乾草及一開始試用的木屑堆放在樺樹皮上，欣喜地看著它們一一燃燒。

但它們很快又要燒光。他需要更多柴火。他不能讓火焰熄滅了。

他跑出棚屋，到松林間折取低處那些枯死的細枝。將它們丟進棚屋後，又趕快回到松林多折一些，再丟回去，並蹲下來折些樹枝丟進飢渴的烈焰中。小樹枝燃燒穩定後，他出去找比較粗壯的木頭，直到大木頭也燒得很好，才鬆了口氣。他斜靠在棚屋出入口的木柱上，微微笑著。

我有朋友了，他想——我現在有個朋友了。雖然是個飢渴的朋友，卻是好朋友。我有個名叫「火」的朋友。

「嗨，火……」

岩壁的天然弧度恰好構成一個近乎完美的排煙道，將煙引經岩壁由岩頂的裂縫排出，但可以留下熱氣。如果能維持這一堆小火，那就太棒了，還可以防止豪豬等動物再次從門口闖進來。

既是朋友，也是守衛，他想。

這些都源自小火花，朋友兼守衛全部來自小小的火花。

他四下環顧，真希望有人可以聊聊這件事，能展現一下他的成果。但是，空無一人。

除了樹木、太陽、微風、湖泊之外，四下無人。

半個人也沒有。

裊裊輕煙盤桓在他的腦袋上方，尚未消失的那抹微笑仍掛在臉上，思緒翻騰的他心想：真想知道他們現在正在做什麼。

真想知道爸爸這時候在做什麼。

真想知道媽媽這時候在做什麼。

真想知道她現在是不是和他在一起。

10 城市小子尋蛋記

起初，他離不開那堆火。

那照亮了棚屋幽暗內部的黃紅火焰，那枯木燃燒時發出的愉悅劈啪脆響，對他來說如此珍貴、如此親密而甜美，實在離不開它。他到林子裡全力劈砍枯木，竭盡所能地扛回大量枯枝。搬到成堆後，雖然已近溫暖的正午時分，他也覺得熱了，卻還是在火堆旁坐下，把枯枝折成小段，添著柴火。

我不會讓你熄滅，他對著自己，也對火焰說——永遠不會。就這樣，那天大部分時間裡布萊恩都坐在火堆旁，讓火持續燃燒，吃著樹莓存糧，口渴時就到湖邊喝水。接近傍晚時，煙熏黑了面孔、火烤紅了皮膚後，他才終於開始思考接下來該做什麼。

他需要一大堆柴以足夠夜裡使用。黑暗中是不可能找得到柴火的，所以他必須在太陽下山前找足木材，劈好並堆放起來。

布萊恩先在營火四周堆好新柴，然後走出棚屋尋找合適的木柴。營地的上坡處，飛機著陸——那真的不過是三、四天前的事情嗎？——所造成的那陣暴風，也將三棵大白松颳倒在地，互相交錯。松木已經枯死，乾枯後產生很多風吹日晒後乾燥的樹枝，夠他燒很多天了。一番砍劈之後，他把木材搬回營地，疊在岩架下方，疊到跟他的頭一樣高，基部也有六呎寬的好大一堆柴。搬運木柴期間，他不時添加小柴，讓火堆持續燃燒。在搬柴的其中一趟路程上，他注意到火的另一個好處。那就是，他在林蔭間打柴時，蚊子照例包圍著他，但當他來到火堆旁，或來到煙霧繚繞的棚屋旁，蚊蟲就消失了。

這是個很棒的發現。蚊子已經快把他逼瘋了，一想到能擺脫牠們，精神就為之一振。在另一趟路程中，他回頭看見煙霧穿越樹林盤旋而上，於是察覺到，他終於有發出信號的方法了。他可以帶根燃燒的柴火在岩丘頂端搭築火信，製造煙霧，這樣或許能引起注意。

這表示他還需要更多、更多的柴火。他對柴火的需求似乎永無止境，所以整個下午到黃昏都在搬運柴火。

天黑後再度準備過夜的他，在火堆旁安頓下來，吃完剩下的樹莓，身旁還有一疊可隨時添加的短柴火。經過一天的勞動後，他的腿不再僵硬，但仍有點痛。他邊按揉著腿，邊凝視營火。自從墜機以來，這是他第一次覺得自己可能開始能掌握狀況了，開始能夠做點事情，不再只是乾坐著。

沒有食物了，明天，可以去找；明天，可以築起火信；明天，需要更多柴火……

火劃開了夜的涼冷，讓他想著明天，然後沉沉入睡。

他睡得很沉，因此不確定是什麼吵醒他，總之他張開眼睛，眼前一片漆黑。火燒盡了，似乎是熄滅掉，但用一塊木頭攪動後，他發現底層仍有炭火發出火熱的紅光。在小塊柴火和小心吹氣的助燃下，火很快又燒了起來。

好險。他得試著分成小段睡眠，才能讓火持續燃燒。他試著想出調整睡眠的方法，但光想這件事就讓他打起瞌睡。就在快睡著時，他聽見外頭有聲響。

那聲響與豪豬的聲音非常相似，有東西在滑行，拖著越過沙地。但從開口處望出去，卻因為太暗，什麼也看不見。

無論那是什麼，聲音很快就中止了。他覺得自己聽見湖岸邊傳來水花濺起的聲音。不過他現在有火，也有充足的柴薪，因此不像前一晚那麼焦慮。

他打著瞌睡，又睡著了一陣後，在破曉的灰光中再度醒來。他先為仍在冒煙的營火添柴，然後到外面伸展身體，站著將兩臂伸展到頭頂上方。肚子餓到打結時，他朝湖的方向看去，發現了行跡。

那行跡相當古怪，中央一條主線、兩側帶著爪痕，從湖裡延伸到一個小沙堆，然後又回到湖中。

他走過去在旁邊蹲下，研究了起來，想了解到底是怎麼一回事。這行跡的製造者，中央有某種可拖曳的平坦底部，而負責推進的，顯然是兩側突出的腿。

從湖泊上岸拖曳到小沙堆，再返回水中。是某種水生動物上岸到沙地來……做什麼呢？

來做跟沙有關的事，來玩耍？堆沙堆？

他笑了。真是個城市小子啊，他想。哦，你這個城市小子用著城市的模式思考。他在腦海裡創造了一面照映自我的鏡子，看見自己既有的德性。帶著城市模式的城市小子坐在沙地上想要解讀沙地上的行跡，卻無法知道、無法理解。為何會有野生動物要從水中爬到沙地上玩耍？不是這樣，動物不會這樣做。牠們不會這樣浪費時間。

牠一定是為了某種理由、某個好理由才會從水裡上岸。他必須設法了解那個理由。他必須有所轉變才能完全了解，否則無法弄懂。

牠為了某種理由從水裡上岸，而這個理由——他蹲著揣想，這個理由必定與沙堆有關。

他伸手輕輕拂去沙堆頂端，卻只看到濕沙。可是，這一定有個理由。他繼續小心地扒挖，直到挖約四吋深時，濕冷的沙中出現一個小穴室，裡面有好多蛋，桌球大小、近乎渾圓的蛋。當下他就笑了出來，因為他明白了。

是烏龜。他曾在電視上看過一個節目，內容介紹海龜上岸到海灘，將卵產在沙堆中。淡水湖龜中一定有習性相似的物種，可能是鱷龜。他聽說過鱷龜。牠們的體型相當大，他想。夜裡聽到的那個吵醒他的聲響，一定是鱷龜上岸。牠一定是在那個時候上岸來下蛋。

食物。

這不僅是蛋，不僅是知識，這比任何東西都重要，因為這是食物。布萊恩看著蛋，胃也跟著緊縮、翻攪、發出聲響。彷彿他的胃是別人的，或者他的胃長眼睛似的看到了蛋，因而強烈要求食物。飢餓感始終存在，缺乏食物時，它受到抑制而潛伏。但有了蛋，想吃的欲望尖聲叫喊著。整個身體對食物的渴望強烈到連呼吸都加速了。

他把手伸進巢中，將蛋一個一個取出。總共十七顆，顆顆渾圓如球，白白淨淨。它們具有革質外殼，受到擠壓時會下陷而不是破掉。

布萊恩把蛋放在沙地上堆成金字塔——他從來不曾感覺如此富有。突然間他意會到，他不知道要怎麼吃這些蛋。

他有火，但無法烹煮，因為沒有容器。他從沒想過要吃生蛋。布萊恩有個名叫卡特的叔叔，是爸爸的兄弟，早上，他總是把蛋放進牛奶裡喝掉。布萊恩曾親眼看見他這樣做過一次。當鼻涕般的蛋白一口氣從杯子滑進叔叔嘴裡，又流進喉嚨時，布萊恩差點把所有吃下的東西全部吐了出來。

可是，隨著胃愈來愈貼近背脊，他也愈來愈不挑剔了。世界上也有吃蚱蜢和螞蟻的原住民，他們都能吃蟲了，他也能生吞一顆蛋。

他拿起一顆蛋，設法打破蛋殼，卻發現蛋殼出奇堅韌。最後，他用手斧削尖一根細棒，以便在蛋殼上戳個洞，然後用手指把洞挖大，往裡面瞧。不過是一顆蛋。有深黃色的蛋黃，而蛋白沒有他想像多。

不過是一顆蛋。

食物。

不過是一顆非吃不可的蛋。

生的。

他望向湖面，把蛋舉到嘴邊，閉上眼睛，邊吸邊擠著蛋，然後以最快的速度吞下。

「嘔……」

那是一種滑膩、近乎油膩的味道，但仍然是蛋。他的喉嚨反吐作嘔，身體也跟著抽搐抖動，但他的胃接受了、留住它，並要求再來一些。

第二顆蛋就容易多了，第三顆毫無困難——順口就滑了進去。他總共吃了六顆蛋，而且能一口氣吃光全部，還是覺得不飽。但內心有個聲音要他暫停，留下其餘的蛋。

此時的飢餓感令布萊恩無法置信。飢餓被蛋完全喚醒，然後咆哮著、凌虐著他。第六顆蛋下肚後，布萊恩剝開蛋殼，把殼內舔得一乾二淨。接著他回頭把其他五個蛋殼也剝開，同樣舔得乾乾淨淨。之後，他還想著要不要將蛋殼吃下去。殼一定也有營養價值。試吃過後，他發覺殼硬得跟皮一樣咬不動，吞不下去。

他起身離開那堆蛋，遠遠站了好一會兒——真的站起來，還轉身讓自己不看它們。要是看著那些蛋，他會忍不住再多吃。

他要將蛋存放在棚屋內，一天只吃一顆。他再度抑制飢餓，把它控制住。他現在就把蛋帶回去，儲存起來，保管好，一天只吃一顆。正這樣想著時，他發現自己忘了搜救人員可能會來的事。沒錯，一天一顆蛋，在他吃完前，他們就來了。

他忘了要去想他們，這可不行。他得一直想著他們，因為如果忘了他們，沒想著他們的話，他們可能也會把他忘了。

還有，他得保持希望。

他得保持希望。

II 要找事做……

要找事做。

布萊恩把蛋從小沙地搬到棚屋，重新埋在睡覺區旁。搬運時，他使出全部的意志力克制自己不多吃一顆蛋，而且做到了。蛋在眼前消失後，要克制就容易了。他先替營火添柴，然後清理營地。

真好笑啊——清理營地。他能做的不過是抖一抖風衣，把它晾在太陽下，好曬乾莓汁浸濕的地方，還有就是把睡覺地方的沙子抹平。

其實，這麼做是心理需求。他因為想著他們為何還沒找到他而感到沮喪，可是在他忙著、有事可做的時候，沮喪似乎就遠離了。

所以，要找事做。

營地清理完畢，他又搬來更多木柴。他決定身旁隨時要保持三天份的柴，因為與這位火朋友共度一宿之後，知道這位朋友的需柴量大得驚人。整個早上他都忙著柴火的事，忙著折斷乾枯的樹枝，然後或折或劈成小塊的柴，整齊堆放在岩架下方。他中途曾暫停過一次，到湖邊喝水。從倒影中，他看見額頭的腫塊幾乎全消，也不痛了，覺得它已自然痊癒。腿也回復正常了，不過插刺的部位留下了幾個排列成小星形的凹洞。當他站在湖邊檢視自己時，注意到自己的身體也有了變化。

他一向不胖，但一直有點過重，因為腰帶上方的兩側有贅肉。那些贅肉已全部消失了，腹部也因飢餓而內陷。太陽把他晒到超過晒傷的程度，所以也晒黑了，臉也因營火煙熏烤而變得像皮革。或許變化最大的不是身體，而是心理，或者說是他的——蛻變過程。

我已不同於往日，他想，我看的、聽的方式都不同了。他不知道這項改變始於何時，但它確實發生了。現在一個聲音傳來時，他不只是聽見，還能領會那個聲音。他會轉身注視，注視斷裂的樹枝或流動的空氣，並認識那個聲音，彷彿他的心神能隨著聲波回到聲音的源頭。

察覺自己聽到聲音前，他已經知道那是什麼聲音了。看見東西時，無論是樹叢裡揮動翅膀的鳥，或是水面的漣漪——他是真正看見那事物，而不再像在都市裡那樣只是注意到而已。現在他會看到整體；看見整個翅膀、羽毛，看見羽毛的顏色，看見樹叢，看見樹叢葉子的大小、形狀、顏色。他會看見光線在水面的漣漪上游移，看見風吹皺出漣漪，看見風從哪裡來，讓漣漪移動。

這些都不是布萊恩過去擁有的，但現在已成為布萊恩的一部分；這一部分變化了、成長了。他的心神和他的身體，兩者互相融合，形成一種他也不了解的連結。當他的耳朵聽見聲音或眼睛看到景象時，他的心神隨即掌控了他的身體。他會不假思索地轉頭面對那個聲音或景象，採取行動，準備應對。

要找事做。

完成堆柴的工作後，他決定把火信準備好。他爬到岩丘頂部，這裡是構成棚屋上方懸岩的位置。布萊恩很高興那兒有片又大又平的石塊區。還要更多柴火，他打從心裡呻吟著。他返回樹木倒臥區，找到更多枯枝搬至岩丘上，直到柴火足以生起大型營火。起初，他想要每天製造一個火信，但是沒辦法——他可能無法不斷供給所需木柴。所以搬運過程中，他決定隨時把火準備好，只要聽見引擎聲，或者以為聽見飛機引擎聲，就帶著燃燒的樹枝跑上丘頂，點燃火信。

要找事做。

最後一趟把木柴搬到丘頂後，他停下來席地而坐，俯瞰著湖泊，稍事休息。湖泊在他前面下方約二十來呎處。自從與飛機一同來到這兒後，他還不曾這樣看著這個湖。想起墜機，布萊恩感受到片刻恐懼，有股使呼吸緊迫的驚惶，但那一刻過去後，很快就被美麗景致吸引。

不可思議的美景，美得不像真的。從他所在的高度望去，不僅能看到湖泊，還能瞧見部分森林，一片綠色地毯，充滿了生命。小鳥、昆蟲；蟲唧鳥鳴，不絕於耳。L形底部的另一端，也有一塊大岩石突出水面。岩石頂端有株殘松不知何來養分，居然盤根錯節地生長著。這松枝上有一隻嘴巴尖長、帶著冠羽的藍鳥，是隻魚狗。他正想著一幅看過的圖片，就見那魚狗飛離松枝，潛入水中。不到一秒鐘，牠便從水中冒出，嘴裡啣了一條小魚，魚兒在陽光中扭閃著銀光。牠把魚帶到樹枝上，甩了兩下，整條吞下肚子。

魚。

那當然，布萊恩心想，湖裡有魚，魚是食物。如果鳥辦得到……

他急忙從懸岩側邊爬下，跑到湖邊，往湖裡看去。不知為何，他從沒想過要看進水裡——只看到湖面。因為陽光會反射到眼睛裡，他走到側邊，脫掉鞋子涉水走了十五呎遠。然後他轉身站定，背向太陽，再次研究著湖水。

他看了一會兒，發覺湖中充滿了形形色色的生命。小魚到處游動，有些細長，有些圓胖，多數體長三、四吋，有些大一點，還有很多較小的魚。側邊有一片泥沼區延伸至深水區，他看見那裡有些空蚌殼，所以這裡一定有蛤蚌。就在他觀望著的同時，一隻形似小龍蝦的淡水螯蝦自一隻空蚌殼現身，爬向另一隻蚌殼，用爪子掏挖著找食物。

站在水中時，一些圓胖的小魚來到他的兩腿附近。他繃緊身體，預備，然後猛地往水裡一抓，想要抓尾魚。魚群如千百條閃電爆炸般一哄而散，速度奇快，他根本不可能抓到牠們。但是牠們很快又游了回來，似乎對他很好奇。走出湖中時，他還一邊思索著如何利用這個好奇心捕捉牠們。

他沒有釣鉤或釣線，但若能設法引誘牠們到淺水處，再製造一枝叉，一枝小魚叉，或許能迅速出擊，抓獲一條。

他得去找適用的木材，要細細直直的。他在湖畔上方看過的一些柳樹或許適合。今晚，他可以坐在火堆旁，用手斧削利枝條。想到火，他該去添柴了。他看看太陽，知道黃昏漸近。想到時間已經不早，布萊恩覺得應該為自己的賣力工作，提供一顆蛋作為獎賞。想到這兒，他又覺得要是能來個甜點多好——想到甜點，他微笑起來，真時髦啊。他也想著添好柴火後，是否該沿著湖岸上行，看看能否在尋找適合做魚叉的木頭時，也能找到樹莓。魚叉木，所有念頭全翻攪成團，滾成一堆，滾過他的思緒……

要找事做。

12 沒有希望的遊戲

那枝魚叉不管用。

他站在淺灘等待，試了一遍又一遍。小魚愈游愈近，他也一遍又一遍刺出，卻老是慢一步。他改用丟擲的、插刺的，用盡各種方式，只差沒用鞭打的，但全都不管用。魚兒的速度實在太快了。

前一晚，他是那麼肯定，確定這枝魚叉絕對能用。他拿著柳枝坐在營火旁，小心翼翼地削去樹皮，削到柳枝變成約六呎直平長杖，最粗的基部也不超過一吋寬。

接著，他把手斧架在岩壁裂縫裡，再將魚叉頭端拉來頂著手斧，一點一點削薄，直到長杖粗端變得像針頭一樣細為止。那樣還不夠，由於無法想像僅藉一個尖端就能順利擊中一條魚，他小心地用手斧把魚叉從尖端中央剖成兩股，約八至十吋長，再於分岔處嵌入一塊木片，做成一枝叉尖相距約兩吋的雙叉魚叉。雖然粗糙，但這枝魚叉看起來卻很有威力，他在屋外試舉時，平衡感也很好。

他費了許多工夫，讓這枝魚叉超越工具的意義。前後花了那麼多個鐘頭來做魚叉，結果卻不管用。他走到淺水處，站定，等魚兒游到身邊。魚群和之前一樣，再度聚集在他腿邊，有些魚甚至長達六吋。但不管他怎麼試，牠們就是太快了。一開始布萊恩嘗試用丟擲的，但毫無機會，因為他一將手臂抬到後上方，還沒準備好丟擲，魚群就嚇跑了。接著，他試圖用戳刺法，把魚叉握在水面上方伺機以待，然後刺向魚兒。最後，他還把魚叉伸入水中，等著魚兒游到魚叉前；但不知怎的，他的行動總是在戳刺前先洩了底，魚兒一看到就閃開了。

他需要某種能把魚叉彈出去的東西，使魚叉的速度比魚更快。他需要推進力。一條能彈射的繩子——或是弓。弓和箭。把細長的箭頭伸入水中，弓在水面上拉緊，他只須射出箭……對，就是這樣。

他必須「發明」弓箭。走出水面，穿上鞋時，他幾乎笑了起來。早晨的太陽漸漸熾熱，他脫掉了上衣。也許很久以前，事情就是這樣發生的——某個原始人試圖用魚叉射魚，射不成，於是「發明」了弓箭。或許事情向來如此：萬事萬物之所以會被發現，是因為它們需要發生。

他早上還沒吃東西，所以先耽擱一下，挖出蛋來吃了一顆。將其餘的蛋重新埋好後，他又堆了幾塊較大的木頭到營火中，接著把手斧配掛在腰帶上，右手拿起魚叉，出發沿湖上行，尋找製「弓」的木材。他向莓果區前進時沒穿上衣，但身上柴火的煙熏味似乎讓蚊蟲不敢來騷擾。

才兩天工夫，樹莓已經熟透了。等找到木材，他會再回來盡可能多摘。不過，他還是先停下來摘了些莓果吃。它們如此飽滿甘甜，每摘一顆，就有兩顆掉落草叢。沒多久，他的雙手、雙頰沾滿紅色莓汁，也吃飽了。吃飽了——這讓他吃驚不已。

沒想到自己能再度有吃飽的感覺。這些日子以來只知道飢餓的他，這會兒居然吃飽了。他低頭看看肚皮，依然是塌陷的，沒有像以前吃兩個漢堡、一杯奶昔之後那樣鼓鼓的，一定是肚子縮小了。飢餓感依舊存在，但不是之前那種撕裂般的飢餓。他知道那股飢餓感將永遠存在，那種即使有食物，也會促使他去找尋、去看見的飢餓感，一種促使他去狩獵的飢餓感。

布萊恩的目光掃過莓果叢和身後，確定熊不在附近，便往下走向湖岸。他自然而然地把魚叉舉在前面，撥開眼前的樹叢，到達湖邊後隨即左轉。由於他不知道哪種木材最適合製弓，所以也不確定自己在找什麼。他這輩子從未製過弓，也不曾射過箭，但總覺得合用的木材會生長在湖岸水邊。

他看見幾株頗具彈性的小樺木，可惜沒有柳枝那種彈簧般的彈力，回彈力道不夠。

就在他沿湖走到一半，正要跨越一棵倒木時，腳下突然傳來一陣爆炸，把布萊恩嚇得倒退跌坐地上。一個像是長了羽毛的炸彈突然在落葉和巨響中爆發，然後立刻消失無蹤，只在他腦海留下一個影像。

一隻鳥，是隻像小雞的鳥，但這隻鳥有扇尾，還有一對會用力拍擊身體製造巨響的翅膀。瞬間巨響，隨即無蹤影。布萊恩爬起來，拍拍身體。那隻棕灰色鳥身上有雜斑，想必不是靈巧的鳥，因為牠在布萊恩快踩到牠時才飛走。再遲個半秒，就踩到了。

抓到牠，他忖道，然後吃掉牠。說不定能抓到一隻，或叉中一隻。也許，他想，嘗起來也像雞。也許他真能抓到或叉中一隻，而牠的味道說不定真的跟雞肉一樣，就像媽媽在烤爐裡用蒜和鹽烤的雞肉一樣，烤得金黃酥脆……

他搖搖頭驅走那影像，繼續往下走到湖邊。那裡有棵樹，樹的長枝看起來很直。他拉住其中一根樹枝，鬆手時，枝條猛然彈了回去。他挑了一根看起來合用的枝條，從枝條與樹根連接處砍下。

這根樹枝材質堅硬，布萊恩不想弄斷，所以慢慢地、小片小片地砍，非常專心，以至於一開始並沒有聽見那個聲音。

一個持續不斷的嗡嗡聲，蟲鳴般，只不過更穩定持續，而且帶著一點隆隆聲。那聲音雖然聽在耳裡，卻未進入他的思緒。布萊恩邊砍邊削，一心想著如何製作一把弓，想著弓用手斧修整後的模樣。直到枝條就要脫離樹幹時，那個嗡嗡聲才穿透他的腦海，他才恍然大悟。

飛機！是引擎聲。很遙遠，但聲音好像愈來愈大。是來找他的！

他扔下樹枝和魚叉，握住手斧，開始朝營地奔去。他必須跑到丘頂點火，打信號。燃火，生煙。布萊恩把全部的力量集中在雙腿，跳越圓木、幽靈般地穿梭劃過樹叢，肺部不斷起伏。聲音更響了，正朝他的方向前來。

那聲音就算不是朝他直來，也比剛才更近了。他已經看到那幅景象，看見即將發生的事。他會燃起火焰，飛機會看到煙，然後盤旋，盤旋一次，再一次，並且搖擺機翼。那會是一架水上飛機，會在水上降落，劃過湖面。駕駛會大驚經過這許多天後，他還活著。

布萊恩一邊奔向營地與營火，一邊預見了這些景象。他們會載他離開這裡，今晚，就在今晚，他將跟爸爸坐在一起，邊吃東西，邊告訴他所有事情。他現在就能預見這一切了。噢，沒錯，當他在陽光裡，雙腿如彈簧般奔馳的同時，已經預見了一切。奔抵營地時，他仍聽得見引擎的嗡嗡聲。營火中有根木頭還燃著不小的火焰。

他衝進去抓起那根木頭，奔跑繞過岩丘邊，像貓一樣爬上岩頂，用力吹氣。就在快把信火點燃時，那聲音遠離了。

突然間，飛機調頭離去。他用手遮擋陽光，拚命想看到飛機，想讓那架飛機真的映入眼簾，但樹木又高又密，聲音也愈來愈微弱。

他再度跪到火堆旁，吹氣，添加乾草木屑。火點燃了，沒多久就燃起跟他一樣高的營火。可是那聲音已經消失了。

他心裡想著，回頭看一眼呀！回頭看一眼，看到這陣煙啊，回頭，求求你回頭。

「回頭看一眼。」他低聲說著，覺得剛才的影像褪去了，看見爸爸的臉孔像那聲音一樣褪去，如消逝的夢，如希望的盡頭。噢，請回頭，回來啊，回頭看一眼，看到這陣煙，為我回頭啊……

然而，那聲音不斷遠去，直到連他的想像、他的靈魂也聽不見聲音為止。沒了。站在突出湖岸的岩頂，任熾烈營火烤著臉，布萊恩望著灰燼與煙霧漫入天空，心想——不，這不僅是想像的——當下他明白，自己將無法離開這個地方。現在不行，永遠都不行。

那是一架搜救飛機，他很肯定。一定是搜救人員，他們偏離原定的飛航計畫，來到他們認為飛機可能偏航的最遠地方，然後調頭。他們沒看見他的煙，沒聽見他腦海中的哭喊。

他們不會回來了，所以他永遠走不了，永遠無法離開這裡了。他跪倒在地，湧出的淚水劃過臉上的煙塵與灰汙，靜靜滴落在石頭上。

沒了，最後他想著，全都沒了。全都是傻事，全部沒了。什麼弓啊、叉啊、魚啊、莓啊，全都是傻事，全是遊戲一場。他受得了一天，但受不了永遠——要是他們不能在某一天來救他的話，他根本撐不下去。

他無法玩一場沒有希望的遊戲，一場失去夢想的遊戲。現在，他們把他的希望和夢想全帶走了；他們已棄他而去，現在他一無所有。飛機走了，家人沒了，全都沒了。他們不會回來了，他孤獨一人，一無所有。

13 我的生存之道

布萊恩坐在L形湖泊的長邊盡頭，凝視著湖水，嗅聞著湖水，傾聽著湖水，變成了湖水。

一條魚正在水中游動，他睨視漣漪，但身體其他部位文風不動。他沒有舉弓，沒有探手去取腰袋裡的魚箭。那條魚不理想，不是食用魚。食用魚都聚在淺水處，而且不是那樣擺動，動作會更快、更小，是獵物的動作。大魚會滾動，且停留在深水區，抓不到。不過沒關係，今天早上他要捕的不是魚。魚是清淡肉品，他吃膩了。

他要找的是一種笨笨的鳥，他稱之為「傻瓜鳥」。湖泊長邊盡頭的這一帶，棲息了一大群傻瓜鳥。但一種他無法明白的感覺讓他停了下來；他雙腳站定，用嘴巴輕輕呼吸以保持安靜，任由眼睛和耳朵向外探索。以前也出現過這種情形：他的內在感覺到某種東西警告著他，讓他停下腳步。有一回又是熊。當時他剛摘完樹莓，突然有個感覺要他止步。當他朝雙耳指引的方向看去，便見到一頭帶著小熊的母熊。

要是他再多走兩步，就會夾在母熊和小熊之間，那可不是個好地方。面對此景，母熊起身面向他，並從喉嚨發出低沉的吼聲，威嚇、警告著他。所以這回他專注著那種感覺，他知道自己是對的，知道會有狀況發生，於是站定耐心等候。

轉身，聞、聽、感覺。然後，有個聲音，很小聲。他抬頭，把視線移離湖面，於是看見那匹狼。牠站在從湖畔往上到丘陵半途的一塊小空地上，只露出頭和肩膀，用黃色大眼睛俯視著布萊恩。布萊恩沒見過狼，牠的體型令他困惑，因為牠不像熊那麼巨大，但不知何故，卻又像熊那麼龐然。那匹狼宣告著下方的一切盡歸牠所有，布萊恩也歸牠所有。

布萊恩迎視狼的注目，感到一陣害怕，因為狼是對的，牠了解布萊恩，不僅了解，而且擁有他，同時選擇不傷害他。於是布萊恩不再感到恐懼，恐懼消失了。布萊恩明白那匹狼的本質：牠是森林的一部分，是森林整體的一部分。布萊恩緊握魚叉的手放鬆了，另一隻手上就要舉起的弓也放下。此刻，他了解那匹狼，如同狼了解他一樣。布萊恩對牠點頭並微笑。

狼又注視著布萊恩一會兒，注視著牠生命的一部分，然後轉身，毫不費力地往丘陵上走去。等牠又在樹叢間現身時，身後跟著三匹狼，同樣龐大，同樣灰毛，同樣漂亮。牠們快步走過時，也都俯視了布萊恩。布萊恩一一對牠們點頭。

此刻，他再也不是從前的他了，那個立定、目送狼群離開，並對牠們點頭的布萊恩已經脫胎換骨。時光流逝，那個雖數算著，卻不在乎的時光，流入他的生命，又離去，留下的是不一樣的他。

算一算，墜機到現在已經過了四十七天。他想，從他死去又重生成為「新布萊恩」那天算起的話，是四十二天。

那架飛機的出現和離去，嘲諷了他、掏空了他，也拋棄了他，陷他於絕境之中。那天，從搜救機離去的那一刻起直到天黑，他不停陷落、陷落；任營火熄滅，連一顆蛋也不記得吃；任憑滿腦子低落的思緒帶著他，陷落到最谷底，他想要結束，結束這一切。

他陷入陰沉的驚怖，愈陷愈深，愈陷愈深，被帶往死亡之地。最後，黑暗中他從岩頂起身，拿起手斧企圖砍殺自己，結束這一切。

瘋狂。一陣嗤嘲狂怒占據了他的腦袋。既然已一無所有，就讓自己也成空吧。但真的動手砍下卻是難事，最後只能頹然臥倒，盼著死亡，盼著結束；睡去，卻不成眠。

雙眼閉上，腦海卻醒著，他整夜躺在岩頂上，恨著、盼著結束，並且默念著「惡雲降臨」，在那痛苦的夜裡整晚想著「惡雲降臨」吧。他不斷重複念著，一心盼望惡雲降下。到了早晨，他卻依舊存在。

依舊側身躺著。隨著太陽升起，布萊恩張開眼睛，看見手臂上的傷，乾涸的血跡已漸漸轉黑。布萊恩看著血跡，感到厭惡，厭惡軟弱的「舊布萊恩」對自己所做的事。就在此刻，兩個念頭在他的腦海浮現——兩個實情。

他變了。飛機的飛掠而過改變了他，希望的破滅將他擊碎，也重新塑造了他。他不一樣了，再也不是從前的他。這是實情之一。另一個實情是：他不要死去，他不會再讓死亡有機可乘。

他已煥然一新。

他曾經犯過一大堆錯誤。狼群離去後，布萊恩帶著微笑走到湖畔，一邊想著過去的錯誤——那些在他領悟到必須為新生的自己找到新方法之前，曾經犯過的錯誤。

他重新生火，並改用半腐的木材保持火種，因為這種朽木悶燒數小時後，仍能復燃成火。但這只是短期間內做對的一件事。譬如他的第一把弓便是一場災難，還差點弄瞎眼睛。

那天，他坐了一整夜，仔細修削樹枝，直到一把漂亮的弓成形。接著他花兩天時間製作箭。箭桿是筆直去皮的柳枝，他用火烤硬箭頭，並和魚叉一樣，把幾枝箭的箭頭剖開成叉，做成叉箭頭。因為沒有羽毛，箭尾只好空著，而且他估算射魚的箭只須飛越幾吋距離。但沒有弓弦，這可難倒他了。不過後來他低頭看到腳上穿的網球鞋。鞋子有長鞋帶，而且是過長的鞋帶。他發現把一條鞋帶切成兩半，就夠一雙鞋用了。這樣能省下一條鞋帶來做弓弦。

試射之前，一切都進行得很順利。他將一枝箭安放在弓弦上，把弓弦往臉頰方向拉，瞄準一個土丘。就在那個瞬間，弓木在他手中裂開，木條裂片彈射到臉上，其中兩片恰好打中眼睛上方的前額。要是稍低一點點，就會打瞎他。

太僵硬了。

錯誤——布萊恩在腦海的日記中記載了各項要告訴爸爸他所犯過的所有錯誤。他重製一把新弓，弓臂較纖細，拉力也更輕緩流暢。可是，儘管已經坐進水中，被成群如雲的小魚環繞，他就是射不中。真教人火大。他拉好弓弦，箭頭緊臨水面，等魚兒游到距離不到一吋時，放箭。

就是射不中。一次又一次，在他看來，箭似乎都直穿魚身，但魚兒總還是片鱗無傷。終於在幾個鐘頭後，他拉著弓，把箭伸入水中，等著魚游近。就在等候時，布萊恩注意到湖水好像把箭折彎了，或者說從中折斷那枝箭。

對呀，他忘了水會折射，會屈光。他曾經在哪裡學過，在某堂課吧，可能是生物課，他記不得了。但湖水真的會屈光，那意味著魚並不在眼睛所看到的地方。牠們在低一點的位置，就在下方，也就是說他必須瞄準牠們的下方。

他不會忘記第一次射中的獵物。永遠都忘不了。一條圓滾滾的魚，脇側的金光有如太陽，游來停在箭前。布萊恩瞄準了牠的下方，即魚身底部邊緣，然後放箭。只見水裡一陣閃亮的騷亂，金色的湖水四處飛濺。他抓穩那枝箭舉起來，魚在箭尾，背襯著藍天，不停扭動。

他將魚高舉在空中，直到牠停止扭動。布萊恩舉著魚，望著天空，感覺喉嚨一陣緊縮、膨脹，因自己的成果而滿溢驕傲。

他弄到食物了。

用他的弓，用他親手製造的箭，他取得食物，找到生存之道了。這把弓箭為他帶來生存之道，他為這件事、為弓、為箭、為魚、為手斧、為天空而歡欣鼓舞。他起身從水中走出來，手上仍舉著魚、箭和弓，襯著天空，看見它們襯著自己的手臂，彷彿是他的一部分了。

他有食物了。

他砍下一段綠色柳枝，將魚叉放在火上烤，烤到魚皮酥脆綻裂，魚肉一片片的、鮮嫩又多汁。他小心地用手指挑出魚肉，細細品嘗每一塊肉，在嘴裡用舌頭壓取魚肉的湯汁，熱騰騰的魚肉……

當時，他認為自己可能永遠都吃不夠。所以那一天，第一個嶄新的日子，他整天到湖裡射魚、帶回火堆、烤了吃，再到湖裡、射魚、烤了吃。如此這般，直到天黑。

他將殘魚剩骨帶回湖裡，認為那可以當餌。結果來了上百條魚把殘渣清得乾乾淨淨。他可以在魚群中任意挑選，就像走進商店，他想，就像走進商店一樣。他記不得那天到底吃了多少魚，不過，他猜想一定超過二十條。

那是個大宴之日，他的第一個大宴之日，慶祝他活著，慶祝他用新方法獲取食物。這天終了，天黑之時，布萊恩躺在營火旁，帶著鼓滿魚肉的肚子和油膩膩的嘴巴，感覺到新的希望從內心深處生起。不是獲救的希望，那希望早已逝去。而是對知識的希望。希望自己能夠學習、生存、照料自己。

堅忍的希望——那晚他這樣想著：我充滿堅忍的希望。

14 關於錯誤的學習課程

錯誤。

小錯也能釀成大禍，好玩的小錯就像滾雪球般，會讓你在還笑著覺得幽默的同時，赫然發現自己正面臨死神。在都市裡，如果犯了錯，通常有修正的機會；騎單車跌倒扭傷腿，可以等待復元；忘了在商店買什麼，還能在冰箱裡找到其他食物。

現在可不同，一切都很快速，快得難以想像。在這裡如果扭傷腿，能再度行動之前，可能得挨餓；若狩獵失誤或魚群遷移，可能得挨餓；若生了病，病到無法行動，可能得挨餓。

錯誤。

在新生活開始初期，他就學會了一件重要的事，那是驅策森林中所有動物，且真正攸關生命的知識——食物就是一切。食物就是一切，就這麼簡單。森林中的萬物，從昆蟲到魚類到熊，總是永遠在尋找食物——覓食，是自然界中獨尊的驅動力。吃，一切萬物都必須吃。

但學得這個知識的過程幾乎要了他的命。就在新生活的第二晚，布萊恩的肚子裝滿魚，棚屋裡的營火悶燒著。沉睡之際，有個東西，他後來覺得可能是氣味，把他吵醒了。

就在火堆旁，全然無懼於冒著煙的炭火，無懼於布萊恩的存在，一隻臭鼬正在他埋蛋的地方挖掘著。在片片珍珠般的月光中，布萊恩看到毛茸茸的尾巴和背脊上的白色條紋，差點笑了出來。他不知道這隻臭鼬如何找到這些蛋的，或許是氣味，或許是蛋殼的小碎片留下味道，但牠低著小小的頭，高舉小尾巴，挖了又挖，邊把沙子踢到後面，模樣看起來幾乎是可愛的。

可是這些蛋是他的，不是臭鼠的。他半露的微笑馬上被恐懼取代，因為他會失去食物，於是他抓了一把沙往臭鼠身上丟去。

「快離開這裡……」

他原本還要繼續說下去，說些人類的蠢話，但不到半秒鐘光景，臭鼠已高舉臀部，捲起尾巴，在不到四呎的距離內向布萊恩的頭部噴射。

在棚屋狹小的空間裡，這陣噴霧的效果非常驚人。濃重的硫磺腐臭味充滿其間，沉重、濁劣、難聞。那道腐蝕性噴霧射中他的臉，麻木了他的肺和眼睛，讓他失去視覺。

他呼天搶地的尖叫著，摔滾到側邊，把整個棚屋的外牆都掀了。尖叫著爬出棚屋後，他連跑帶摔地奔向湖邊，在踉蹌絆跌中爬到水裡，一頭栽進去，前後甩動頭部想清洗眼睛。他把水潑進眼裡沖洗。

他看過百部關於臭鼬的好笑卡通，都是描繪臭鼬氣味的可愛、嘲笑戲謔的卡通。但真被牠的噴霧射中時，一點也不好笑——他喪失視力將近兩個小時，但感覺就像是一輩子。他想到自己可能會完全失明，或至少視力受損；若真如此，一切都完了。就這樣，他的眼睛痛了好幾天，之後還擔心了兩個星期。棚屋、衣服、頭髮上的氣味，將近一個半月後仍存在。

當時他還差點笑了出來。

錯誤。

要保護食物。他在湖邊設法清洗眼睛的同時，臭鼬逕自把剩下的烏龜蛋全部挖出，吃個精光，蛋殼還舔得一乾二淨，完全不在乎布萊恩正在水裡，像瀕死的鯉魚般打著滾。臭鼬找到食物，而且要定了，布萊恩則為這個教訓付出了代價。

保護食物，還要有個好的避難所。不僅是個可以遮風擋雨的避難所，而且要是能保護他，讓他安全無虞的避難所。臭鼬事件的隔天，他開始建造一個適合生活的住所。

他的基本想法是好的，選擇棚屋的地點也是對的，但做得不夠。他之前太懶惰了。然而現在，他知道關於自然、驅動自然的第二重要之事了。食物最優先，但覓食的工作永遠不能停歇。大自然中沒有懶惰這回事。他想走捷徑，結果以烏龜蛋付出代價，而他現在喜歡烏龜蛋勝過商店裡的雞蛋。烏龜蛋似乎更飽滿，更有滋味。

他著手改善棚屋，首先是拆除工作。接著，他從山坡上的枯松木那裡搬了幾根較粗大的圓木，將圓木楔入上方，下端埋進沙裡，把它們固定在開口處；之後又在圓木間交織穿入長枝條，做成緊實的牆面。但他覺得這樣還不夠，於是用更細的樹枝織入第一層織網。完成後的牆面連個拳頭大的縫隙也沒有，整座牆面像個堅硬的織籃。

他判斷門的開口處將是結構最弱的地方，因此特別花時間用柳枝編成一扇門，網眼緊密到無論鼬鼠怎麼試，或者……他邊看著腿上的傷痕邊想，無論豪豬怎麼試，都不可能穿過。他沒有鉸鏈，但準確地在上方安置一些砍下的枝條，就能把門鉤住固定。入內掛上門後，他覺得相當安全。雖然如熊般的龐然大物還是能夠拆了它闖進來，但小東西再也無法打擾他了；而且牆面結構編織的方式，能夠讓煙從上方散出。

總而言之，他共花了三天建造他的棚屋，工程期間只有在去洗澡時——為了袪除臭鼬的氣味，他一天洗四次澡——會順便射魚來吃。屋子完工後，他轉而處理那個恆久不變的問題：食物。

獵食或射魚來吃都很好，但萬一很長一段時間沒有食物，該怎麼辦？當莓果沒了，他若生病或受傷，或他想到臭鼬事件，暫時無法行動時，該怎麼辦？他得設法儲藏食物，還得有儲藏食物的地方，以及能儲藏的食物。

錯誤。

他努力從錯中學。不再埋藏食物，不再將食物留在棚屋中，因為熊這類動物能輕易拿走那些東西。一定要高，得又高又安全。

在棚屋門口上方，離地面約十呎高的岩面上，有個小岩架可作為天然儲藏所。動物到不了那裡，只是他也一樣到不了。

顯然他需要一把梯子。可是他實在無法製造梯子，因為沒有材料可以支撐梯級。於是他打消這個念頭，直到發現一株枯松。這株枯松仍有許多向外伸出的小枝。他用手斧把突出的枝椏砍到剩四、五吋長，且全沿主幹朝上突出。然後，他砍下大約十呎長的主幹，將這株枯木拖回棚屋。樹幹有點重，但因為已經乾了，勉強還能拖動。豎好松木後，他發現自己能輕鬆爬上那個岩架，只是爬的時候樹幹會稍微滾動。

布萊恩把那裡當作是他的食物架，但上面覆滿了鳥糞，所以他拿棍棒仔細刮乾淨。他不曾在那上頭看過小鳥，可能是營火升起的煙會熏到岩架口，而小鳥不喜歡煙熏。可是他已吃過一次苦頭，因此還是花時間用嫩柳條為那個小洞編織修整了個小巧且能完全緊閉的小門。完工後，他退後幾步好看看岩丘正面：棚屋在下，食物架在上。他心中升起了一絲絲的驕傲。

還不錯啊，他想，對一個連替腳踏車軸承上油都成問題的人來說，還不錯啊。真是很不賴啊。

錯誤。

他完成了一間不錯的棚屋和食物架。但除了魚和最後一點莓果之外，他沒有別的食物。說到魚，雖然吃起來美味，卻不能久放。他媽媽有一回因為疏忽，忘了冰好鮭魚就去探望親戚，並在外過夜。結果返家時，整屋子都是魚腥味。他想，沒辦法貯存魚，至少沒辦法貯存死魚。就在他望著棚屋的編織結構時，突然心生一念，於是向水邊走去。

他曾經把魚的殘渣倒回水裡，結果引來上百條新魚。

「我在想……」

牠們好像很容易受食物吸引，至少小魚是如此。現在他對射魚駕輕就熟，甚至知道瞄準時要低一點之後，就能用那枝舊魚叉捕到魚。他只要用手指拿個東西晃晃，魚群馬上湧來。或許行得通，他想，說不定能設陷阱捕撈，造個池塘之類的……

他右手邊的岩壁基部有堆石塊，那是從岩丘掉落下來的大小石塊，有些有兩個拳頭大，有些則像他的頭那麼大。他花了一下午時間，把石塊搬到沙地，堆成一個大圍欄，想以此關住活魚。圍欄的兩隻「胳臂」伸入湖中十五呎，尾端內彎相接。他在相接處留了約兩呎寬的開口，然後坐在岸上等候。

布萊恩剛開始放置石塊時，魚群全都快速閃開。但他的魚骨、魚皮、魚內臟等殘渣都在池中，有食物可吃，所以魚群又回來了。短短不到一個鐘頭，圍欄裡便聚集了三、四十條小魚。布萊恩用小柳條編了個網眼細緻的閘門，把魚關在裡面。

「鮮魚，」他大叫：「我有鮮魚可賣了……」

他認為能貯存活魚慢慢兒吃，是一項重大突破。這不光是免於挨餓而已，還是預先儲藏、預先設想啊。

當然，那時候他沒想到，魚吃多了也會膩。

15 用「事件」寫日記

日子一天疊過一天地混在一塊兒，兩、三星期後，布萊恩只知道過了好多天，因為他每天都在棚屋門口旁的石頭上做一個記號。至於真正的時間，他以「事件」來計量。「一天」，什麼也不是，不值得記憶，不過是日升、日落，而中間有點光線罷了。

但「事件」會烙印在記憶中，因此他用「事件」來記憶時間，用「事件」來了解並記住曾發生的事，用「事件」來寫腦海中的日記。

有一天就叫作「首肉日」。那一天的開始和其他日子一樣：日出後起身，清理營地，確定柴火夠燒一晚。但吃魚、尋找莓果的日子已經過了好長一段時間了，他渴望更多食物，渴望肥膩、味道更濃重的食物。

他渴望吃肉。他會在夜裡想著肉食，想著媽媽正在烤肉，或者夢見火雞。某天夜裡，他在得添柴火前就醒來了，留著口水的嘴裡還有豬排的味道。感覺如此真實，但這一切不過是個夢，但這個夢讓他更堅決地想要吃到肉。

為了打柴，現在他愈走愈遠，有時會遠到離營地四分之一哩處去找柴火，因此途中看見許多小動物。到處可見的小型紅色松鼠在樹枝間跳來跳去，對著他吱吱喳喳，像在罵人。還有許多兔子，有雜著紅毛的大型灰兔，也有只在清晨出現、速度很快的小灰兔。小灰兔有時會等到他靠得非常近才跳起來，扭個兩三步又止住不動。他思忖著，要是勤加練習，說不定可以用他的箭或叉射中一隻大兔子，至於小兔子或松鼠就不用妄想了，牠們太小、動作太快。

此外，還有傻瓜鳥。

牠們已經把他惹惱到快發瘋的地步。這種五、六隻成群的鳥隨處都是。牠們無懈可擊的擬態，完美到布萊恩可能靠坐在一棵樹歇息，正對面僅兩呎外的柳樹叢中，可能就隱身佇著一隻鳥，還會選在他最料想不到的時刻，突然爆出一陣震耳欲聾的展翅聲。他看不到牠們，在牠們振翅飛起前，也不知如何找到牠們所在之處，因為牠們能完全靜止不動地站著，且完全融入四周環境。

更慘的是，牠們非常笨，或者看起來很笨，以至於牠們能在他面前藏身一事，簡直成了一種侮辱。布萊恩也無法適應牠們爆炸式的飛法。幾乎每次當他外出找柴火時，也就是每天早上，一路上都會邊走邊被嚇得直閃跳躲避。有個難忘的早上，當他伸手撿拾一塊枯樺木下的木材，以為那是一段黑色殘枝，就在手指快碰到時，牠就在他面前爆發了。

話說「首肉日」那天，他決定用傻瓜鳥作為最佳射獵對象，一早就帶著箭和叉出發獵鳥，而且堅持一定要捕獲一隻，吃到一點肉不可。不是去打柴、不是去找莓果，而是去獵鳥，去吃肉。

一開始，獵鳥行動很不順利。他沿著湖畔往上走到盡頭，再從另一邊下去，一路上看見很多鳥，但都是牠們飛起後才看見。他必須設法先看到牠們，看到後還要靠得夠近，才能用弓或叉射擊。但他還是無法先看見牠們。

沿湖走了一半，驚起二十來隻傻瓜鳥後，他終於放棄了，找了棵樹坐下。他得想清楚，看看到底做錯了什麼。四周有鳥，而他有眼睛——他只要讓眼睛看到鳥就行了。

看的方法錯了，他想，我看的方法錯了。不僅如此，我根本是用錯方法。很好——腦海裡出現挖苦的字眼——這我知道，多謝。我知道我用錯方法，但怎樣才是對的？布萊恩坐在樹下苦苦思索，上午的太陽烤得他腦袋快焦了，卻依然一無所獲，直到起身才前進沒兩步，一隻鳥飛起。那隻鳥一直在那兒，在他思索著如何看見牠們的那段時間，牠一直在身邊，就在那兒。

他幾乎尖叫了起來。

但這回，當那隻鳥飛起時，他注意到一件事，而這正是祕訣的關鍵所在。那隻鳥朝湖面飛逃，發覺無法降落水面時，便轉往山丘樹叢飛去。在牠轉身飛往樹林之際，陽光照射到牠身上。那個瞬間，布萊恩看見一個形狀：前端銳利、後端從頭部到肥胖的身軀呈流線型的子彈狀。

他覺得有點像梨，一端尖細，還帶著胖胖的小身體。一顆飛梨。

這就是祕訣。之前他一直找尋羽毛、找尋鳥的顏色、找尋棲著的鳥。他得改找輪廓、形狀，而非找尋羽毛或顏色，得訓練雙眼看出形狀……就像打開電視機一樣。突然間，他能看到先前從未見到的事物。感覺上，不一會兒工夫，鳥兒還沒飛起之前，他已經看見三隻鳥了。他看見牠們棲著，並靠近其中一隻，緩緩移動，近到可以用弓射擊。

第一次沒射中，接著又射偏很多次，但他看到牠們了；他看見有著尖尖腦袋的胖胖小身體棲在樹叢裡，到處都是。他一次又一次舉弓，拉弦，放箭，不過由於他的箭仍然沒有羽毛，射出時，就像一根從弓弦晃落的棍子，有時還會飛偏。即使鳥兒只距離七、八呎遠，箭因沒有羽毛穩定而飛偏，結果只射中樹叢或樹枝。一段時間後，他放棄使用弓箭。射魚時，魚會游到箭頭前，弓箭還管用；但只要有距離，不論遠近，弓箭的效果都不理想——至少，這樣的箭行不通。

但他還帶著那根有雙叉的魚叉。於是他用左手拿弓，右手舉叉。

他嘗試擲叉，但技術不夠好、速度不夠快，鳥兒振翅的速度又出乎意料地快、起飛奇快。不過，最後他發現，看見棲息的鳥時，不要筆直走去，而是從側邊，就著某個角度時進時退，就能靠近到矛叉幾乎碰及鳥身，這時再出手戳擊。有兩回差點就成功了，後來在離河狸窩不遠的湖畔，他獵獲到第一頓肉食。

那隻鳥棲息在那裡，布萊恩雙叉一個戳刺，將鳥刺倒在地，牠只拍了一下翅膀，幾乎瞬間斃命。布萊恩抓住牠，雙手合握，直到確定牠死了為止。

然後他拾起叉和弓，沿著湖邊小步跑回棚屋。營火已燒成火紅的炭。他坐著注視那隻鳥，卻不知如何是好。若是魚，他什麼都不用動，只要整尾烤，最後把肉挾起來便可。這個可不一樣，他得先清理牠。

在家的時候，一切輕鬆多了。他會到商店買隻雞，一隻清理乾淨的雞，沒有毛或內臟，然後媽媽會把雞放進爐裡烤，他只管吃。那個舊時光裡的媽媽，昔日媽媽會用烤的。

現在手上有隻鳥，但他沒清理過鳥、不曾取出內臟、不曾拔過鳥毛，所以不知從何開始。但是他想吃肉，一定得吃肉，欲望驅策著他。

結果鳥毛輕鬆地清掉了。他本來試著拔毛，不過鳥皮太薄，會連皮帶毛一同拔掉，所以乾脆把皮整個拉開。他覺得這與剝柳橙皮好像。不過，皮一除，內臟也同時從屁股掉了出來。

頓時，一股生腥臭味籠罩著他，從鳥身掉出的油膩內臟散發腥羶穢氣，害他差點吐出來。但那股氣味有其他含意，一種濃重的味道，和布萊恩的飢餓很相配，這個味道勝過那噁心的氣味。

布萊恩用手斧很快切下脖子，再剁掉兩隻腳。這時拿在他手中的，是個像小雞的東西，有深色的肥厚胸脯和小小的兩條腿。

布萊恩將牠掛在棚屋牆面的枝條上，先帶著羽毛和內臟到水邊的魚池。魚群會來吃光這些東西，或者吃掉牠們能吃的部分，這項餵食行動會招來更多魚群。但他想了一下，又取出翅膀和尾巴的羽毛。帶有橫紋和雜斑，呈棕、灰、淡紅的羽毛又硬又長又漂亮，他想這些羽毛說不定能派上用場，或許可以想個辦法把它們綁在箭尾。

他把其餘東西扔進水中，圓圓的小魚便開始撕咬起來。布萊恩洗洗手，返回棚屋時，蒼蠅已經飛到生肉上，他揮趕著牠們。牠們來得之快，速度實在驚人。等他生了火，濃煙增加後，蒼蠅又神奇地消失無蹤。他用一根尖棒刺穿那隻鳥，舉到火堆上方。

火的溫度太高了。火焰燒到脂肪，差點讓整隻鳥著火。布萊恩把鳥舉高些，但那裡的溫度更高，後來他往側邊移一點，那個位置似乎把鳥烤得很好。可是這樣只單烤一邊，而且肉汁都滴落了。布萊恩只得慢慢轉動烤棒，但雙手很辛苦，所以他找來一枝有分杈的棍棒插在沙地上，擱上烤棒，然後轉動燒烤。就這樣他發現了一個烤鳥的良方。

沒幾分鐘外層就烤熟了，散發出的香味和媽媽在爐裡烤雞的香味幾乎一樣。他以為自己會忍不住，但試著扯下一塊胸肉時，才發覺裡層還是生的。

他想，要有耐心。這一切大多是耐心成就的，是等待、思考，再加上用對的方法做事。這一切，還有整個生活，大多是耐心和思考的成果。

他沉靜下來，慢慢轉動那隻鳥，讓汁液回滲肉裡，讓牠烤著，透香；透香，烤著。終於他等不下去了，熟不熟都無所謂了，牠的外層已經焦黑、又硬又熱，他要吃了。

他從鳥的胸部撕下一片肉，放入口中仔細咀嚼，盡可能地慢慢細嚼，好嘗到全部的滋味。他想，真是前所未有。他吃過的所有食物，所有漢堡、奶昔、薯條或家裡三餐，所有糖果、派餅和蛋糕，所有烤肉、牛排或披薩，所有嘗過的任何食物，從來沒有像這第一口一樣，如此美味。

首肉日。

16 命運的銅板

現在，站在湖泊長邊盡頭的他，已經變得不一樣了，和從前再也不一樣了。

經過了許多個「首日」。

「首箭日」——就是利用從破舊風衣中取得的線和樹木殘幹上的樹脂，將幾根羽毛裝在乾燥的柳箭上，做出一枝能正確飛射的箭。不是精準——他始終沒能做到那麼精良——而是正確地飛出，如此一來，遇到一隻棲息夠久、靠得夠近的兔子或傻瓜鳥，而箭的數量也夠時，他就能射中目標。

隨之而來的是「首兔日」。那天他用箭射中一隻大兔子，以處理第一隻鳥的方法剝了兔皮，也用一樣的方法烤熟牠，吃到的兔肉同樣好吃——雖然不如鳥肉鮮濃，但還是很好吃，而且兔子背脊的油脂滲到肉裡，讓滋味更加豐富。

現在只要獵得到，他就輪換著吃兔子和傻瓜鳥，中間有時用魚填補。

始終感覺飢餓。

我始終感覺飢餓，不過現在能應付了，我能取得食物，知道自己有能力取得食物，這使我向上提升了。我知道我有能力。

布萊恩朝湖邊一處堅果叢移動。這些濃密的樹叢長了小豆莢，裡面有綠色堅果，他認為那種堅果能吃，可是還沒成熟。但今天他是來射獵傻瓜鳥的。傻瓜鳥喜歡藏身在這種堅果叢的濃密基部，藏在樹幹相連形成的遮蔽處。

他在第二個樹叢裡看見一隻鳥，朝牠走近。當鳥兒豎起冠羽，發出起飛前的警訊——蟋蟀般的叫聲時，他就暫停；等牠放下冠羽、放鬆警戒後，才又走近。他以這種方式前進了四次，但從不直視鳥的眼睛，而是順著某個角度前進，看起來像是要從側邊走開。經過多次嘗試，布萊恩已經把這個技巧運用得爐火純青，熟練到曾經徒手抓到一隻鳥。現在，他已經距離不到三呎，那隻鳥還在樹叢裡靜止不動地藏著。

那隻鳥仍靜靜棲止，讓他能在弓上安一枝箭，是有羽尾的箭，不是射魚的箭，然後拉弓、放箭。但完全射偏了。布萊恩從腰袋上的布袋中再取出一枝箭。那個布袋是把風衣一隻袖子的尾端打結做成的。傻瓜鳥靜棲著，布萊恩沒有直視牠，拉開第二枝箭、瞄準、射出，又沒射中。

這回那隻鳥動了一下，射出的箭靠牠很近，幾乎擦過牠的胸部。布萊恩只剩兩支箭，所以考慮是否要慢慢地把魚叉移到右手，用叉射鳥。他決定再射一箭，再試一次看看。他慢慢抽出另一枝箭，舉弓、瞄準、放箭。這次看到羽毛一陣抖動，表示他射中了。

那隻鳥遭到射擊，失去重心，瘋狂地四處飛拍。布萊恩撲上前去抓住牠，把牠朝地面用力摔擊，結束牠的性命。他起身一一撿回射出去的箭，檢查過箭都安然無損後，便到下面湖邊清洗沾血的手。他在湖岸邊跪下，把那隻死鳥和武器擱在一旁，雙手浸入湖水中。

這個動作差點成了他這輩子最後一個動作。後來回想，他也不知道當時為何回頭，可能是某種氣味或聲音吧，某種細微的摩娑聲。不過確實有東西引起他的耳朵或鼻子注意，讓他開始轉頭。才轉到一半，他就看見一堵毛茸茸的褐色牆面從森林走出，來到他的身後，然後像一輛失控的卡車般衝過來。布萊恩只來得及看出那是一頭麋鹿——他在圖片上看過北美麋鹿，但不知道、也無法想像牠們的體型有多大——牠就撞上了他。這是頭母麋鹿，雖然沒有角，卻用前額從左背部將布萊恩頂起，把他拋出丟到水中，並緊追在後，打算解決他。

布萊恩在半秒內讓肺部吸滿空氣，牠就又出擊了，用頭把布萊恩擠壓到湖底的爛泥中。荒謬，他想。實在荒謬，只有這個字可以形容。爛泥塞滿布萊恩的眼睛和耳朵，麋鹿以角突把他推入爛泥中，愈推愈深。突然間，一切結束，他覺得只剩自己一人。

他掙扎出水，努力吸氣，克制驚慌。當他抹掉眼睛上的爛泥與汙水、恢復視力後，看見那頭母麋鹿就站在身旁不到十呎的地方，平靜地嚼著荷花根。牠似乎看也不看布萊恩，好像根本不在乎他。布萊恩小心轉身，開始半游半爬地離開水中。

但布萊恩一動，母麋鹿的背毛又立刻豎起，並再度向他發動攻擊。這回牠用頭部和前蹄把他摔回水裡，讓他以背部落水。他耗盡氣力尖叫，拳頭猛捶麋鹿的頭，喉嚨也灌滿湖水。然後，牠又走開了。

布萊恩再度掙扎出水面。但他受傷了，內傷，肋骨受傷；他弓著背，裝死。母麋鹿又站在那兒吃東西。布萊恩用一隻眼睛觀察牠，另一隻眼望向湖岸，猜想自己的傷勢不知有多重，也猜想著這次母麋鹿是否會放過他。

荒謬。

布萊恩開始移動，而且速度極緩；但母麋鹿轉頭，背毛豎起——像惡犬的毛髮。布萊恩停止動作，慢慢地吸口氣。母麋鹿的背毛倒下，繼續吃東西。移動、豎毛、暫停、毛倒、移動、豎毛。如此這般，布萊恩半步半步地移動，直到返回岸邊。他用手和膝撐著自己，受了傷，所以不確定能不能走。母麋鹿似乎接受了他的慘狀，任他慢慢爬出水中，爬進樹林灌叢。

布萊恩爬到一棵樹後面，小心地站起查看狀況。腿似乎沒問題，但肋骨受傷嚴重，只能短促呼吸且感到刺痛，右肩似乎也扭傷了。而他的弓、叉和傻瓜鳥都還在水裡。

幸好他還能走動。他才剛決定留下那些東西，就看見母麋鹿從深水處走出，丟下布萊恩，自顧自地沿著湖岸淺水處遠去，離去和來時一樣快速；牠的長腿每從爛泥中拔起，就傳出水被吸入的聲響。布萊恩攀著一根松枝，目送牠離去，半等著牠轉身再次回頭衝撞自己。但牠不斷走遠，等牠完全離開視線後，布萊恩返回岸邊找到那隻鳥，然後涉水取回他的弓和叉。弓和叉都沒弄斷，箭也不可置信地全部還在腰帶的布袋裡，只是被汙泥和水弄得一團糟。

他花了將近一個鐘頭，沿著湖畔走回營地。雙腿走起來雖沒問題，但若走快，兩、三步就得深呼吸，肋骨也會痛得舉步維艱，必須靠在樹幹上休息，等待呼吸恢復淺緩。母麋鹿造成的傷害比他想像得更嚴重。瘋狂的母獸，毫無理性可言。真的很瘋狂。

回到營地爬進棚屋後，他滿懷感激，感激炭火仍在發光；想到每天早上第一件事是把當天需要的柴火找足，他就感激每次都會找足兩、三天份的柴火；感激他需要食物時附近就有魚；最後，打著盹即將入睡之際，他感激自己還活著。

讓睡眠掩蓋胸部疼痛的同時，布萊恩想，真是瘋狂，竟有這種毫無理由的瘋狂攻擊。睡著的同時，腦子裡正試著跟麋鹿講道理。

怪聲驚醒了他。

是個低沉的聲響，一個從風中傳來的低沉轟隆聲。布萊恩猛然張開雙眼，不是因為聲音大，而是聲音太陌生。他在棚屋裡已感覺到風勢，也感覺到風中的雨。過去這四十七天來，他聽過多次雷鳴，但不曾是這般，不是這種吵嚷聲。低沉，幾乎像是活的；那聲音像來自喉嚨的低吼，是一種呼嘯，一個從遠方朝他而來的呼嘯。布萊恩清醒後在黑暗中坐起，臉部因肋骨疼痛而抽搐。

現在痛的方式不一樣了，變得緊繃，程度也減緩——然而，那聲響好詭異啊，他想。一種神祕、鬼魅、不祥的聲音。他添了幾塊小柴火，讓營火再度燃起，火光讓他感到欣慰，但他也覺得自己要有所準備。他不知道怎麼做，只曉得該做好準備。那聲音是為他而來，只為他而來，所以他必須做好準備。那聲音想得到他。

他找到掛在棚屋門牆木樁上的叉和弓，把武器放在松枝編造的床鋪邊，更安心了些。但這與火焰帶來的安慰一樣，無法幫助他面對這個未知的新威脅。

令人不安的威脅。布萊恩邊想邊走出棚屋，遠離火光，以便觀察天空，但天空太暗。那聲音代表什麼，在記憶中、在讀過的書裡、在電視上曾見過的……噢，他想，不好了。

是風。如火車呼嘯般的風聲，帶著火車般深沉的低吼。是龍捲風。沒錯！火車般的轟鳴意味著狂風，為他而來的狂風。天啊！他想，在麋鹿之後，別再加上這個啊，不要啊！

但一切都太遲了。他在詭異的寂靜中望向夜空，然後轉身回到棚屋，俯身入門的同時，狂風襲至。事後回想，布萊恩發覺它就和麋鹿一樣，荒謬無理。瘋狂的力量把他從背部舉起，以正面拋進棚屋，再猛烈摔進松枝床裡。

同一時刻，狂風掃過營火，紅色炭火如雲霧般飛散在布萊恩四周。然後它抽離了，彷彿猶豫片刻，隨即又挾著巨吼重返。那巨吼震懾了他的耳朵、他的神智，以及他的身體。

他像塊破布般被揮掃到棚屋門牆上，肋骨感到一陣撕裂的疼痛，然後又被狠狠摔進沙地。在此同時，狂風將整面門牆、床鋪、營火、工具等所有一切揚掃而起，拋進湖裡，從他眼前消失，永遠消逝。布萊恩覺得後頸背灼燙，一伸手，摸到了紅炭。他拍掉紅炭，發現褲子上還有更多，便繼續拍打。狂風再襲，狂暴猛烈的劇風。他聽見岩丘旁森林中的樹木斷裂，還感覺身體向外溜去，於是緊緊抓著岩塊穩住自己。他無法思考，只能抓牢，只知道自己在禱告，但不知禱詞為何；只知道他想存活，想留下來、想活下去。此時，風轉向湖去。

布萊恩聽到風因吸水而發出的巨大吼聲，張開眼睛時，看見湖水正遭狂風肆虐，巨大的波浪飛濺四方、互相衝擊，然後一道宛如液狀光柱的水柱射向夜空，美麗又恐怖。

龍捲風在湖泊對岸持續肆虐，布萊恩聽見樹木折腰落地，然後它就消失無蹤了，和來時一樣疾速。不留一物，空空蕩蕩，只剩下黑暗中的布萊恩。火堆所在處空無一物，一點火星都沒有，棚屋、工具、床鋪蕩然無存，連傻瓜鳥也杳無蹤影。布萊恩試圖在黑暗中尋找東西，一邊想著，我回到一無所有的境地了，回到墜機時的狀況，負傷、置身黑暗，一模一樣。

蚊子也回來了，像是為了強調他的這個念頭，在沒有火和煙保護的情況下，多到令人無法呼吸的成群蚊子又回來了。布萊恩全部家當只剩下還繫在腰帶上的手斧。可是開始下雨了，傾盆大雨中他無法找到能生火的乾柴。最後，他拖著受傷的身體回到岩架下，回到床鋪原來所在的位置，雙臂環抱著肋骨。

他無法入睡，無法在蚊蟲肆虐下入睡，只好整晚躺著，邊拍打蚊蟲，邊仔細回想這一天。今天早上他還很豐足，幾乎是豐足的，很快樂，很篤定，因為他擁有好武器，有食物，太陽照在臉上，未來一切看好。但緊接著一天之內，一天之內他接連遭遇麋鹿和龍捲風襲擊，頓失一切。就這樣，回到原點。

命運的銅板輕輕一擲，他就成了輸家。

不過，這次不一樣，真的不一樣了，他想，我或許遭到襲擊，但還沒倒下。天一亮我就開始重建。我還有手斧，當初我也只有這把手斧。

來呀，放馬過來，他在黑暗中齜牙咧嘴地想著。你只有這點能耐嗎？

這就是你打擊我的方式嗎？用一頭麋鹿和一場龍捲風？他抱著胸，邊啐出嘴裡的蚊子，邊笑著想，這樣還不能擊倒我。就是這個差別。他變了，變得堅強：「我在必要的時候是堅強的，我的意志堅強。」

黎明將至時，一陣寒氣突然降臨，這樣突來的寒氣也是陌生的。蚊子回到潮濕的草地間與落葉下，他能睡了，或者說，能打瞌睡了。那個早晨，布萊恩闔眼之際的最後一個念頭是：希望龍捲風擊中了那頭麋鹿。

因為黎明時分張著嘴沉沉入睡，醒來時陽光正照在嘴裡，快把他的舌頭烤乾了，也讓他的嘴就像整夜吸吮著自己的腳一樣，臭氣熏人。

側滾出來時，肋骨痛得讓他差點發出吼叫。肋骨的傷在夜裡緊縮，因此他一動，胸部就感到撕扯般的疼痛。布萊恩放慢動作，小心不過度伸展地慢慢起身，走到湖邊喝水。他極小心緩慢地在岸邊跪下，喝水漱口。他看見右邊的魚池仍在，雖然柳枝閘門不見蹤跡，魚兒也了無蹤影。牠們會回來的，他想著，等我可以製叉或弓，捕一、兩尾魚來當餌，牠們就會回來的。

他轉身看看自己的棚屋，瞧見部分門牆的木材散落在湖岸上，好歹還在；接著看到他的弓卡在漂流木上，雖然已經斷裂，但寶貴的弓弦沒丟。沒那麼糟，情況並沒那麼糟。他低頭看著湖畔沿岸，尋找門牆的其他材料，就在此時看到它。

就在湖裡，L的短邊處，有個彎曲的黃色物體突出水面六至八吋。色彩鮮明，那不是土壤或天然的顏色，布萊恩一時想不起那是什麼，但隨即明白了。

「是飛機機尾。」他大聲說，半期盼著能聽到某人的應答。就在那裡，機尾挺出水面。龍捲風襲擊湖泊時，必定翻動了機身，改變它的位置，把機尾抬了起來。啊，布萊恩心想，看看它。就在那一刻，一個令人寒顫的念頭閃過。他想到那位駕駛仍在飛機裡，這讓他一陣哆嗦，也感到沉重的哀傷。他覺得自己該為駕駛說點什麼或做點什麼，祝禱的話吧，但宗教的語詞、適當的字句，他一個也不會。

因此，他往下走到湖畔，凝視著飛機，像獵捕傻瓜鳥時一樣全神貫注，集中精神專注於那位駕駛，默想著：安息吧，永遠安息吧。

17 不可能的任務

他回到營地，看著殘骸。要做的事很多，要重建棚屋、重新生火、找食物或為找食物做準備；要製造武器，而且必須慢慢來，因為他的肋骨受傷了。

一件一件來。他努力找到一些乾草和樹枝，再到附近的樺樹那裡剝樹皮，攏成一個火巢。他慢慢工作，動作雖慢，但用這個新技術，一個鐘頭內便生起火。火焰嗶剝作響，劃開了早晨的陰濕，也提振了他的精神，更趕走不停來騷擾的蚊子。火生起之後，他就去找乾木——雨幾乎滲透了所有他能找到的木頭——最後在一片濃密的針葉林中，找到受高處枝葉遮蔽而得以保持乾燥的矮枯木。

由於手臂和胸部肌肉都無法使力，所以砍柴時倍感艱難，最後總算取得足夠一天一夜使用的木柴。柴量夠了，他才稍事休息，放鬆一下胸部，接著又開始整理棚屋。

門牆原來所使用的木材大多散落在附近，他還在岩丘後方找到未受損的編木主體。龍捲風把整片門牆扯開、颳起，然後拋在岩丘頂。布萊恩再次感到自己很幸運，因為他沒有死掉或傷得更重——重傷就等於死亡了，他想。他如果無法獵食就會死亡，而如果重傷就無法獵食。

布萊恩用力拉扯，費力拖曳了半天，總算把門牆重新立回原處——雖然粗糙，不過可以慢慢改善。找松枝做新床一點也不困難，因為暴風雨把整座森林撕扯得四分五裂，岩丘後方一帶彷彿遭到發怒的巨人用巨型絞碎器絞過樹木般，高大的松樹被扭斷，東倒西歪。地面上，雜亂不堪的枝椏與殘幹橫七豎八，難以穿越。他拖回足夠的粗枝做床，這些新斷的綠色粗枝所流出的樹液，散發著辛香氣味。到了傍晚，他又累又餓又痛，但又有個能夠關起門來，能夠待著的地方了。

在黑暗中躺下時，他想著，明天，明天或許魚群會回來，他會做一枝叉、一把新弓，然後去找食物；明天他要去找食物，要整修營地，要把一切從完全瘋狂的一天回復正常。

他弓著身子面向營火，頭枕在胳膊上開始睡覺，這時腦海浮現一個畫面：機尾突出在湖面上。就在飛機內部靠近機尾的某處有救生包。那救生包一定還在，因為飛機連主體都還是完整的。就是這個畫面——機尾突出水面，救生包在其中——在他打瞌睡時映現腦海。他的眼睛猛地張開，如果能拿到救生包就好了，他想，喔！如果我能拿到救生包，裡面可能有食物、刀子和火柴，說不定還有睡袋，說不定有釣具。啊！裡面一定有很多美妙的東西——如果我能拿到救生包，拿到裡面的幾樣物品就好，我會多麼富有啊。如果能拿到救生包，會多麼富有啊。

明天，布萊恩望著火焰微笑，明天我要去看看。一切將在明天展開。

他睡著了，睡得又深又沉，腦海中唯一的畫面是機尾突出水面。一次療癒的睡眠。

破曉前，他就翻身起床了，在灰濛濛的曙光中生起營火，並外出撿拾這天所需的木柴，精神爽朗，因為他的肋骨好多了。打點好今天的營地後，他望向湖面。他的內心多少有點害怕機尾不見，沉回湖泊深處了，卻看到機尾仍在原處，似乎完全不曾動過。

他低頭看著腳，看見他的魚池聚集了幾條魚，牠們正在尋找風暴前遺留的魚餌碎屑。他壓抑住想展開飛機計畫的不耐，想起了理性，想起他學到的教訓。食物第一，因為食物帶來力氣；食物第一，再來動腦，最後才是行動。眼前有魚隨手可得，而他可能無法從飛機上獲取任何東西，那一切就都是夢想。

魚是真實的，而他的胃，就連他那已經縮小的胃，也發出慘烈的飢餓哀號。

他花了大約一個鐘頭做了一枝雙叉魚叉，沒把樹皮全部削除，只在尖端下工夫。坐著製作魚叉時，他仍不停望向突出水面的機尾；手忙著做魚叉，心裡想著飛機的問題。

魚叉完成時仍有點粗糙，他在兩個尖端之間卡入一個楔子岔開，然後到魚池。池裡沒有成群的魚兒，但至少有十尾。他挑了其中較大一尾，約六吋長的胖魚，把魚叉尖端置入水中，握好叉子，當魚游到叉尖上方時，手腕啪地輕彈刺出。

乾淨俐落地刺個正著。布萊恩同樣輕鬆地捕獲兩條魚，然後將三條魚一起帶回營火旁。他現在有塊魚料理板，是一塊用手斧削平的木板，可以靠在火堆旁烤魚，這樣不必從頭到尾握著棍子。他把三條魚放在板上，以尖棒把魚尾巴插入魚板隙縫，最後將魚板架在最紅的炭火旁。不久，三條魚滋滋作響，烤出熱騰騰的香氣。一烤好，再也無法忍受香氣時，就從鬆開的魚皮下取出熱氣騰騰的魚肉。

魚沒能填飽他，還差得遠——魚肉太清淡，填不飽肚子。但牠們能產生力量——布萊恩感覺到力量流入四肢——他開始進行飛機計畫。

製造魚叉時他就決定了要造個木筏，然後把木筏推划到飛機旁繫住，作為工作基地。他得設法進入機尾，進入飛機內部——鑿開或切割出一條門路。不管怎麼做，他都需要一個工作基地。

造木筏，他懊惱地發現，這事說比做容易。四周多得是圓木，湖邊也有很多被龍捲風捲起又散落的新舊浮木，很容易就可以找到四根等長的圓木拖放在一起。

問題是如何把它們併起來。沒有繩子、橫門或釘子，圓木會滾動、分離。他嘗試將圓木楔在一起、互相交叉，但完全無效。他需要一個穩定的平台才能完成任務。他愈弄愈洩氣，結果一時間發了脾氣——就像從前的他會做的事。

這時，他回到沙地坐下，重新研究一遍問題。理智，他得運用理智；只要有理智，就能解決問題。

終於，他想通了。他挑的全是又圓又光滑且沒有分枝的圓木，但他需要的是有枝椏突出的圓木，才能將一根圓木的枝椏跨上另一根圓木的枝椏，把它們交錯「編織」在一起，就像製作門牆、食物架、魚池閘門那樣。他環顧沙地上方，發現四根遭暴風雨折落的乾樹梢都有枝椏，於是將這些木頭拖到湖邊的工作區，交錯併起。

這個工作耗費了這天大部分時間。枝椏雜亂無章地向四面八方伸展。

他得砍去一根圓木的某些枝椏，以便與第二根圓木相嵌，再砍去第二根圓木部分枝椏來與第一根相嵌；然後，還要把第三根圓木的枝椏拉過來相接。

他在將近黃昏時完工，並依木筏的模樣命名為「灌木堆一號」。將木筏從沙地拉到水裡後，木筏結構仍相連，而且漂浮得很好，只是吃水深了些。布萊恩興奮地朝飛機出發前進。他無法站在木筏上，只能靠在木筏旁泅水。

游到水深及胸時，他才發覺無法把木筏繫在飛機上。他必須能把木筏繫在飛機上，才能靠著它工作。

工作頓時陷入困境。他沒有繩子，只有一條弓弦和另一條對切後綁在球鞋上的鞋帶。說到這雙網球鞋，也差不多要廢了——腳趾都露出鞋尖外了。這時他想到風衣。他找來原本充當箭袋的破片，把它撕成細長條，再一條條綁起來，做成大約四呎長的繩子。這繩子不堅固，沒法讓泰山在樹上盪鞦韆，但應該可以把木筏繫在飛機上。

他再度把木筏推出沙地，下水推到水深及胸處。他將球鞋留在棚屋裡，感覺到腳趾間的沙子變成泥巴時，便用力蹬離，開始泅游。

他發覺推木筏簡直像在推航空母艦。每根伸入水中的枝椏都是阻力，圓木本身也抗拒著所有前進的力量。前進不到二十呎，他就明白要將木筏推到飛機那兒，遠比原先預想的困難許多。木筏幾乎沒在動，照這樣下去，他到達飛機所在處時，也差不多天黑了。因此他決定回頭，過一夜，明天清晨再出發。於是他又把木筏拉回沙地，並用手把它抹乾。

耐心。他已經有耐心多了，但還是耐不住等待的煎熬。他帶著新魚叉來到魚池邊坐下，再捕三條魚烤了吃，藉此度過天黑前的時光。另外，他拖進更多木柴——永無止境的木柴——才停下休息，看著太陽沉落岩丘後方的樹梢。西方，他想，我看著太陽在西邊落下。而那邊是北方，爸爸所在的地方。那邊是東方，另一邊是南方——東方和南方之間的某處，是媽媽的所在。他的消息一定上了電視。想像媽媽正在做的事，比想像爸爸做的事容易多了，因為他還沒去過爸爸現在的住所，而他對媽媽的生活一清二楚。她會打開廚房流理台上的小電視，邊看新聞，邊說著南非的生活多可怕，或說廣告裡的小寶寶多可愛等等；邊說話邊發出煮飯的聲音。

他把思緒轉回眼前的湖泊。這裡有壯觀的美景——令人難以置信的美景；陽光在天空揮灑開來，晚霞絢麗滿天。霞光灑落湖面，又使樹林染上火光般的亮麗。真是讓人驚異的美景。他好希望能與誰分享、能跟誰說：「你看那邊，還有那邊，看看那個……」

就算只有一個人欣賞，美景依然是美景。他添了柴火，驅走夜的涼冷。又來了，他想，是暮夏空氣的涼意和秋的味道。入睡時，他在腦海裡反問一個問題。他不知道自己究竟能不能離開這裡，現在仍無從知曉答案，不過最後若回到家，回到從前的生活方式，情況會不會剛好相反？他會不會在坐著看電視時，突然想起岩丘後方山坡上的落日，想著湖水會如何映照那色彩？

入睡。

清晨，那股涼意更加明顯，他已能看見嘴裡吐出的小縷霧氣。他在火堆中添了柴，吹至點燃，又把火堆圍到能持續燃燒後，便走向湖邊。可能是空氣太涼了，涉足入水時反而感覺湖水很暖。他確定手斧掛在腰帶上，確定木筏沒有散開，便開始推著木筏，蹬足泅水，朝機尾前進。

和先前一樣，木筏還是很難推動。一度，一陣微旋風向他吹來，他似乎因而滯留不動。等到與機尾的距離近到能看見鋁質機殼上的鉚釘時，他已經手推足蹬超過兩個小時，幾乎筋疲力盡了。真希望出發前有花時間捉一、兩條魚當早餐。這時他也已皺得像梅乾，需要休息一下。

等他到達機尾旁時，機尾顯得大多了，垂直尾翼的主要部位和大半的升降舵都露出水面。機身只有頂端的一小部分，也就是銜接機尾的部分露出水面，而那只是個鋁質曲面，所以一開始他找不到能繫住木筏的地方。後來他沿著升降舵繞到盡頭，在那裡發現一道向內部上方延伸到絞鏈處的縫隙，可以穿過繩子繫住木筏。

繫好木筏後，他爬到木筏仰躺了十五分鐘，稍作歇息，也讓太陽溫暖身體。這似乎是不可能的任務，他想，要成功，出發時就必須夠健壯。他得設法進入飛機內部。飛機所有出入口，甚至後段的小貨艙口都沉在水底，要拿到救生包，非得潛入水中，再進入機艙內部。

他會困在裡面。

想到這兒，他不由得瑟縮發抖，接著又想起湖底飛機前方依然繫在座位上的駕駛遺體。坐在水裡——布萊恩可以想見，一個大男人，頭髮隨著水流漂浮，睜著雙眼……

不要再想了，他想，不要再想這件事。他差點要游回湖岸，把整件事忘掉。但救生包的影像留住了他。如果能取出救生包，或者只是進到飛機裡拿出一塊糖果也行。

就算只是一塊糖果，都值得。

但，要怎麼進到飛機裡？

布萊恩溜下木筏，沿著飛機繞了一圈，沒有看見任何開口。他把臉探入水中三次，並張開雙眼往下看。水很渾濁，但約能看到六呎遠，沒有任何明顯途徑能進到飛機裡。他被阻絕在外。

18 重返旅程初始之地

布萊恩沿著尾翼和升降舵前進，環繞機尾兩圈，但就是找不到入口。

蠢，他想。我真蠢，以為只要來到這裡就能進到飛機裡面。世上沒這麼便宜的事；在這荒山曠野，在這種地方才沒這種事。沒有事情是這麼容易的。

於是他舉拳捶擊機身，卻出乎意料地發現，鋁質機殼應聲塌陷。他再捶一次，機殼再度塌陷，他發現不用捶，只要推一下，機殼也會動。他想，原來只是用薄薄鋁皮覆蓋的骨架而已。既然這麼容易塌陷，說不定可以強行打開通路……

手斧！他或許能用手斧來切割或劈砍。布萊恩伸手拉出腰帶上的手斧，試著在捶凹的鋁殼部位揮砍下去。

手斧像在切起士般砍穿了鋁殼。他無法置信。再砍三下，便有了一個像他手掌般大的三角形破洞。從洞中看見了四條纜索，他猜想那是延伸到機尾的操控電纜，於是發狂似地連砍了幾下，把洞口開得更大。就在他要把一片鋁片從兩根鋁架上掰開時，手斧掉了。

手斧從兩腿中間筆直地掉了下去，他感覺手斧碰到一隻腳，然後掉落，沉入湖底。一時間，他無法明白自己做了什麼事。這些日子以來的所有生存奮鬥，手斧就是一切，他一直配掛著它。沒了手斧，他便一無所有——沒有火、沒有工具、沒有武器——什麼都沒有。手斧一直就是他的一切。

現在，他卻弄掉了手斧。

「啊……」他大叫，懊惱得說不出話來，並為自己的粗心咆哮。飛機上的破洞還太小，無法利用，而現在他沒有半件工具。

「那是以前的我才會做的事，」他對著湖水、對著天空、對著樹林說：「我剛來的時候才會做出那種事。不是現在的我。不是現在……」

可是他已經做了。他扶著木筏一會兒，為自己的愚蠢感到難過。但一如以往，自我憐惜無濟於事，而且他知道現在只有一個選擇。

他必須找回手斧。他必須潛水把手斧拿回來。

問題是，湖有多深？學校體育館游泳池尾端的深水區，他能潛到池底沒問題。他確定那兒大約有十一呎深。

不可能知道這裡的確切水深。飛機前端因引擎重量的緣故，顯然是固定在湖底；但它以斜角出水，所以湖水的深度應不及機身長度。

布萊恩先離開水中，擴展胸部。深呼吸兩次之後，轉身潛入水中，雙手併攏，兩腳從木筏底部蹬出。

第一次的衝力讓他潛到八呎深處，但能見度只有五呎，仍然不見湖底。他又往下潛了六、七呎。水壓壓迫耳朵，所以他只得按住鼻子，鼓氣減壓。就在快要沒氣、準備回頭時，他覺得自己見到湖底了——在下方四呎處。

布萊恩衝出水面，頭部還和升降舵的側邊撞個正著。一出水面，他就像鯨魚般把髒空氣吐得乾乾淨淨，然後大口吸入新鮮空氣。他必須潛得更深，到了湖底還得花時間搜尋一番。

蠢哪！他再度咒罵自己——笨透了。他一遍又一遍猛吸空氣，不停擴張胸部直至肺活量達到極限，最後再深吸一口氣，轉身，再度下潛。

這回他用雙臂當箭，雙腿從木筏底部全力蹬出，彈簧般向下潛去。一感覺速度減慢，就把雙臂當槳，在身體兩側不停向後扒，兩腿則如蛙腿般猛推。這次下潛得非常成功，成功到他一頭栽進湖底泥巴之中。

他甩甩頭好讓雙眼清晰，然後四處張望。飛機在眼前朝下方消失。他覺得自己看見了飛機窗戶，這讓他又想起了坐在裡面的駕駛，他強迫自己別亂想。仍然不見手斧，但腦子開始發出空氣稀薄的警訊，他知道自己只剩幾秒限度，不過還是硬撐了一下，試著移出去一點。就在即將沒氣，快憋不住氣時，他看見泥巴表面突出的斧柄。他伸手去抓，沒抓中，再試一次，感覺手指碰到橡膠。抓到之後，他馬上兩腳猛力踢進泥巴，用力上衝。但是，他的肺就要爆炸了，腦袋閃著爆炸般的色彩，使他非得把水吸入，吸到肺裡！正當他要張口吞水，把整個湖水都吸入時，他的頭衝出水面，重見光明。

「嚇啊！」宛如氣球爆炸，廢氣從鼻子和嘴巴噴出去後，他不停地吸進新鮮空氣。他伸手摸到木筏側邊，扶在那兒，拚命呼吸喘氣，直到能夠思考為止——手斧抓在右手，閃閃發亮。

「很好……飛機。飛機依然……」

他回到機身破洞的位置，再度又砍又割，並清除鋁殼碎片。速度很緩慢，因為他小心翼翼地使用手斧。他又砍又扯，最後總算砍出了一個可以讓頭和肩膀穿過的洞，並瞧見裡面的湖水。機身裡很暗，什麼都看不見——當然也不見救生包蹤影。飛機裡的水面漂著一些碎屑和紙屑，是飛機地板的髒東西漂浮起來，但都不是重要東西。

嗯，他心想，你指望便宜事嗎？有這麼容易嗎？以為只要開個洞，就可以拿到救生包，對吧？

他得把洞開大點，要大很多，大到能讓他進入裡面的下方搜尋，看能找到什麼。救生包是拉鍊式的尼龍袋或帆布袋。但他不記得是紅色還是灰色的？唉，管它的。飛機墜落時，它一定移動了位置，或許卡在什麼東西底下。

布萊恩又砍了起來。把鋁片削成小三角形，全部放在木筏上——他再也不會丟棄任何東西了，他想——因為以後可能用得著。金屬碎片或許能變成魚箭的箭頭或誘餌。完成時，他已經把露在水面上的機身側邊和頂部的殼都清除了，也把水面下能觸及的地方割開，形成一個與自身差不多的洞。只是裡面又縱橫交叉著鋁架或是鋼架，他無法分辨，還有線圈架、電纜等。裡面雜亂得可怕。但砍除部分支架後，就有足夠的空間讓他擠進去。

想到要進入飛機裡，他退縮了一下。萬一機尾沉落湖底，他困在裡面無法脫身，該怎麼辦？這是個恐怖的念頭。但他又考慮了一下，機尾已經突出兩天了，況且，他一直在上面又捶又爬的，它都沒有下沉，好像挺穩固的。

他像條鰻魚般穿過電纜和線圈架，又擠又拉地進到機尾裡面，頭部剛好露出水面，腳踩在傾斜的地板上。準備好之後，他深吸一口氣，兩腳順著地板往下沉，用赤腳去感覺是否有纖維或布料——什麼都好。但碰到的只是地板。

浮起來，再吸一口氣，然後伸手利用水裡的線圈架把自己拉到水中。兩腿持續往下推，推至幾乎碰到前座的椅背，終於在飛機左側，他感覺腳碰到了布或帆布。

再浮上來吸氣，深呼吸，然後再度抓著線圈架，兩腳同時用力往下推進；又碰到了，肯定是帆布或厚尼龍布。這次他用腳踢了踢，感覺裡面有東西，硬的東西。

一定是救生包。墜機時它往前滑動，所以卡在座位椅背間，並鉤到了什麼東西。他試著伸手去拉，但因為沒氣了，只得再度浮出水面。

肺又充滿空氣後，布萊恩拉著線圈架快速下潛，直至幾乎又到達先前的位置，然後轉身頭朝下潛，抓住那個布包。是救生包沒錯。他又拉又扯地設法鬆開它，就在袋子鬆動的同時，布萊恩興奮得心臟劇跳了一下，眼睛也向上看到袋子上方處。從側窗照進來映射在水裡的淡綠光線中，他看見那位駕駛的頭部，但那已不再是駕駛的頭了。

魚群。布萊恩萬萬沒想到，魚群——這些日子以來一直在吃的魚，牠們也要吃東西。這段時間牠們一直纏著駕駛，將近兩個月了，一點一點地咬著、嚼著。現在只剩下還沒啃乾淨的頭顱。當他抬眼望去時，它正鬆垮垮地擺晃著。

太可怕了！太可怕了！布萊恩在腦海裡戰慄地驚叫著。他猛然跌撞，在水裡吐了起來，吐到開始嗆水，還幾乎吸進了湖水。他原會因此當場喪命，與駕駛一起喪命在他們初抵的地點。可是他的兩腿用力踢動，那是本能；恐懼勝過一切，他被他所見到的畫面驚懾住了。但兩腿踢著、推動著他。在雙腿的踢動下，他朝上直衝到水面，不過依然在線圈架和纜索的樊籠裡。

他衝出水面，直接撞進了支架，並伸手握住；他就這樣吊在機尾，在空氣中得到解脫。

就這樣吊了幾分鐘，他邊嗆邊吐邊喘著氣，掙扎著要清除腦海中駕駛的影像。那影像緩慢消失——他知道它永遠無法完全消除——他向湖岸望去，那裡有樹林、有小鳥，有金黃的太陽斜掛在他的棚屋上方；停止咳嗽時，他還能聽見黃昏輕柔、祥和的聲音，還有小鳥的啁啾和微風拂樹的聲響。

他終於平靜下來，呼吸也平緩了。但距離成功還有一段路，還有很多事情要做。袋子漂浮在身邊，他必須把它弄出飛機，放到木筏上，再返回湖岸。

布萊恩在線圈架中穿梭扭擠——感覺似乎比進來時困難——並拉過木筏。那袋子抗拒著他，彷彿不想離開飛機似的。他又拉又扯，那袋子就是與洞口不合。最後他只得改變袋子的形狀，從側邊又推又拉地重排裡面物品的位置，直到袋子變得又窄又長。終於拉到洞口後，還是很難拉出袋子，他得這邊拉、那邊扯地慢慢拉，才硬擠出來。

這一切都很花時間。等他終於取出袋子綁在木筏上時，天已經快黑了。整天在水裡操勞，布萊恩不僅累斃了，而且非常冷，但他還得把木筏推回岸邊。

有好幾次他都覺得自己撐不下去了。多了袋子的重量，似乎每前進一呎，那袋子就加重一點，加上身體愈來愈虛弱，木筏好像幾乎沒在動。他又踢又拉又推，以最短路線筆直朝湖岸前進，中途休息好幾次，然後一次又一次衝刺。

感覺好像花了一輩子似的。當雙腳碰到湖底泥巴，可以使力把木筏滑進岸邊草叢再碰到湖岸時，他已經累到無法站立，只得用爬的；他甚至累到蚊群如一朵灰色怒雲般襲來都沒注意到。

他辦到了。他一心只想著，他辦到了。

他轉身坐到湖岸上，雙腿浸在水裡把袋子拉上岸後，便展開漫長的拖拉路程——因為他已經無法舉起袋子——沿湖岸下行返回棚屋。他在黑暗中邊揮趕蚊子邊拖拉著，踉蹌前行了兩個多鐘頭，將近三個鐘頭，有時用兩腿，但大多是以膝蓋爬行。最後抵達門口前方沙地時，他終於倒臥在袋子上，睡著了。

他辦到了。

19 全世界的禮物

寶藏。

救生包裡的物品之豐富，教他難以置信。

前一晚，他筋疲力竭到失去知覺，除了睡覺，什麼也做不了。泡在水中一整天，把他累斃了，蚊子、黑夜、所有的一切他都不管了，倒臥在棚屋門牆邊就睡著了。他在破曉前的灰光中醒來，一醒來就立刻翻袋子，翻找出又棒又驚人的物品。

睡袋一只，他把它晾在棚屋外的屋頂上；泡棉睡墊一張；鋁鍋一組，含四個小湯鍋和兩個平底鍋，甚至附有刀叉和湯匙；一個防水容器，裡面有火柴和兩個小液態瓦斯打火機；附刀鞘的刀子一把，刀柄還有指北針（好像有了指北針就能救他似的，他邊想邊笑著）；急救包一個，內附繃帶、消炎藥膏、小剪刀；一頂鴨舌帽，正面寫著「西斯納」。為何有帽子，他感到納悶。那是可以調整大小的帽子，布萊恩立刻將它戴上；釣具一組，附有四卷釣線、一打小釣餌，還有數個釣鉤和錘標。

難以置信的財富，彷彿所有節慶和生日禮物全都一起到來。陽光中，布萊恩坐在昨晚倒臥沉睡的門口前，掏出這些禮物——他把這些東西當作禮物——一樣一樣地在陽光中端詳，用雙手和眼睛撫摸著、感受著。

有樣東西，乍見時令他非常困惑。他掏出一個像是拆解後的來福槍槍托的物件。他猜想大概是救生包裡別的東西要用的，正打算擱在一邊，搖動後卻聽見咯咯響聲。經過一番摸索，他發現組件粗端可以卸下，裡面裝了槍管、彈匣、活動配件，還有一個彈匣及一盒五十顆裝的子彈。這是一把「點22」的求生來福槍，槍管可以旋進槍托。他想起去購買單車組件時，在運動器材店見過這種槍。他不曾擁有過來福槍，也沒開過槍，但在電視上看過。幾分鐘後，他就搞清楚怎麼把活動組件旋進槍托、怎麼裝子彈、怎麼把裝滿子彈的彈匣插入活動部位。

握著這把來福槍的感覺很奇怪。它似乎把布萊恩與周圍的一切分隔開來。沒有槍的時候，他必須適應、必須成為周遭環境的一部分，要了解、運用這整座森林，這一切。有了槍之後，突然間，他不需要知道，也不需要害怕或了解。他不須為了獵捕傻瓜鳥而想盡辦法靠近牠；不需要知道若不看著牠並從旁靠近，牠就會待著不動。

這把來福槍改變了他，在拿起槍的那一刻就改變他了。布萊恩不確定自己是否喜歡這個改變。他把槍放在一旁，小心地讓它倚著門牆。稍後再來處理這些感覺吧。火熄了，他用打火機與一片樺樹皮、幾根小樹枝，又生了一堆火——心裡驚嘆著竟這麼容易時，又感覺這打火機似乎把他從置身的所在、從必須了解的一切分隔開來。有了隨手可得的火焰，他不需要知道如何聚攏火星、如何為新火焰供給柴薪使其旺盛。就像對來福槍的感覺一樣，他不確定是否喜歡這種改變。

心情起起伏伏，他想，救生包很棒，但它讓我的心情起起伏伏。

營火燃起，飄散出黑煙，一塊散發松脂氣味的大木頭不斷發出響亮的嗶剝聲。火生好之後，他又轉身掏著救生包，在食物包中翻找——他還沒取出食物料理包，因為想留到最後，他因這些食物歡喜不已。翻找時，他找到一個用塑膠袋包裹妥當的小電子器材。起初他以為那是收音機或錄放音機，不由得興起一股希望，因為他想念音樂、想念聲音、想念聽見另一個人聲。但打開塑膠袋，取出東西翻轉過來看時，他發現那根本不是收訊機。它的側邊有一卷用膠帶貼住的電線。他扯開膠帶時，電線隨即彈出，形成一根三呎長的天線。沒有喇叭、沒有燈誌，只見頂端有個小開關。最後，他在底部看見幾個印刷的小字：緊急發報機。

原來是發報機。他來來回回撥動開關數次，沒有任何動靜，連靜電干擾的雜訊都沒有。所以，和來福槍一樣，布萊恩把發報機放在門牆邊，繼續掏著救生包。發報機可能在墜機時摔壞了，他想。

兩塊肥皂。

布萊恩固定會在湖裡洗澡，但沒有肥皂，他想，能洗洗頭髮多棒啊。滿是煙塵汙垢、受風吹日晒鬈曲成團、因魚和傻瓜鳥的油漬而打結的頭髮不僅長了，還纏黏成結，像長在頭上的一團亂窩。他可以先用急救箱內的剪刀修剪，再用肥皂洗乾淨。

最後終於輪到食物了。

全是冷凍乾燥食品，數量多到讓他覺得：我可以靠這些永遠活下去。他一包包取出，有牛肉馬鈴薯晚餐、起士麵條晚餐、雞肉晚餐、馬鈴薯雞蛋早餐、綜合水果、飲料粉、甜點混合材料，還有數不清的晚餐和早餐，成打成打地包裝在防水袋裡，絲毫無損。取出所有食物包，堆置在門牆邊後，他忍不住又全部掃視一遍。

我要是謹慎點兒，他想，這些可以撐到……撐到我能撐到的時候。我要是謹慎點兒……不過，不是現在。現在還不是謹慎的時候。首先，我要來個大餐。我現在就要在這裡煮一頓大餐，先吃到不支倒地，然後才開始謹慎。

他又在食品堆裡搜尋一番，挑選準備作為大餐的材料：四人份牛肉馬鈴薯晚餐，用柳橙汁當開胃菜，再以桃子蛋奶酪作甜點。包裝上寫著加水即可，燒煮半小時左右，待內容物變成正常大小，便可食用。

布萊恩走到湖邊，用鍋組中的鋁鍋盛水，再走回營火旁。光這件事就讓他驚奇不已——能夠用鍋子裝水到營火旁！如此簡單的動作，他有近兩個月時間沒法做。他揣想水量，將牛肉晚餐和桃子甜點放在火上烹煮，然後回到湖邊，取水調製柳橙汁。

柳橙汁又甜又香——幾乎是太甜了——但真是好喝，好喝到他捨不得灌得太快，而是含在嘴裡，讓味道布滿舌頭，刺激一下兩頰，再前後流動一番，才吞下去，接著又一口。

他心裡想，真是好喝呀！真是讚！他取來更多湖水，再調製一次，並快速飲盡，然後又調了第三次。這次他端著柳橙汁坐在營火旁，遙望湖面，心想牛肉晚餐的香味真濃郁，裡面有蒜味和其他香料的氣味。聞到這些味道，讓他想起家、想起媽媽的料理、想起廚房的濃濃香味。就在他的心頭滿是家和食物香味那一刻，那架飛機出現了。

他只有片刻的預警時間。一陣細微的嗡嗡聲傳來，但和前次一樣，布萊恩沒有意識到那是什麼。突然間，一陣轟隆隆聲低低飛過他的頭頂，一架掛著浮筒的小飛機，從岩丘後方，帶著爆炸般的震撼，衝進了他的生命。

它從布萊恩頭上直接飛過，飛得很低。從湖中墜機的機尾上方飛過時，小飛機的機翼大幅傾斜劃過，減緩速度，順著L形的長邊下滑、迴轉，然後滑了回來，輕點湖水一下、兩下，濺著水花滑行過來。飛機的浮筒輕輕碰撞布萊恩棚屋前方的沙地，停住了。

布萊恩一動也沒動。一切發生得太快，讓他沒來得及反應。他坐著，手上端著柳橙汁，凝視飛機，但還沒法完全領會；還沒完全明白這一切都結束了。

駕駛熄了火，打開機門走出來，平衡了一下，在浮筒上往前踩，然後跳到沙地上，連腳都沒弄濕。他摘下戴著的太陽眼鏡，盯著布萊恩。

「我從上頭飛過時，聽見你的緊急發報機訊號，然後又看見那架墜機……」他的聲音逐漸變小，偏著頭端詳布萊恩。「該死，你是他，對不對？你是那個小鬼。他們終止搜尋有一個月了吧，不，幾乎兩個月了。你是他，對吧？你就是那個小鬼……」

這時布萊恩已經起身，但仍未開口，仍端著飲料。他的舌頭好像黏著上顎，喉嚨也發不出聲。他看著駕駛，看著飛機，再低頭看看自己——

衣衫襤褸、又髒又瘦、又黑又壯——他咳了一下，清清喉嚨。
「我叫布萊恩·羅伯森。」他說。然後，他看到燉肉煮好了，桃子蛋奶酪也快好了，於是指著食物說：「要不要吃點東西？」

後記

那位突然降落在湖面上的駕駛是一位毛皮商人，正在克里族人狩獵營區規畫未來的交易路線——他無意間打開了緊急發報機後沒關上，才會發現布萊恩。加拿大原住民中的克里族人會在秋天及冬天遷移到營區設陷捕獸，毛皮商則定期在營地間飛來飛去。

那位駕駛找到布萊恩時，布萊恩已在L形湖邊獨自生活了五十四天。這段期間，他減少了百分之十七的體重，身上幾乎沒有脂肪——他的身體消耗了所有多餘脂肪，多年後，他依然保持著瘦而結實的身材。

他所發生的許多改變，日後都證實是永遠的改變。布萊恩對事情發生的觀察力和反應力大幅增加，這些能力將永遠跟著他。他也變得更善於思考，因為在這件事之後，他總會放慢思緒，三思而行。

食物，各式各樣的食物，就連不喜歡的食物，對他來說都是無限驚奇。獲救多年後，他仍常常發現自己站在賣場中，盯著一排又一排食物，對食物的數量和種類驚奇不已。

他對自己看到的、認識的事物有許多疑問，回去後便努力研究、判別獵物和莓果。嗯吐莓是美國稠李，能用來製作好吃的果凍。傻瓜鳥躲藏的豆莢叢是榛果樹。他見到的兩種兔子分別是雪鞋野兔和棉尾兔；傻瓜鳥是流蘇松雞（捕獸人也稱其為笨雞，因為牠們真的很愚笨）；小食物魚則包括藍鰓太陽魚、太陽魚和鱸魚；龜蛋是鱷龜所產，和他猜想的一樣；狼群是森林灰狼，牠們並沒有攻擊或騷擾人類的紀錄；麋鹿就是麋鹿。

他還常做夢——獲救後，他常常夢見那座湖。加拿大政府派遣一組人去打撈駕駛遺體，還帶了記者隨行，記者們拍了許多照片和整個營地及棚屋的影片——一切都入了鏡。有段時間，媒體大肆報導布萊恩的故事，但喧嚷幾個月後就停止了。有位作家跑來說想要寫一本《完全探險記》（作家自己取的書名），結果那人只是個夢想家，光說不練。不過，布萊恩還是收到許多照片和影帶，那些影像似乎引發了他的夢。他做的並不是噩夢，沒有一場是駭人的夢，但他常在這些夢中驚醒；驚醒後就坐著，想著那座湖、森林、夜晚的火光、夜裡鳥兒的歌聲和魚兒躍出水面的景象——他在黑暗中獨自坐起，想著那些景象，這不是一件壞事，對他來說永遠都不會是壞事。

對未來的預測，大多不會準確，也沒有用；但可以注記的是，倘若布萊恩沒有在當時獲救，將被迫面對嚴酷的秋天，甚至冬天，事情會變得很難熬。湖水凍結後，他將無法捕魚，降雪會深到讓他完全無法行走。獵物在秋天似乎會變得更多（因為樹葉飄落後，更容易看到獵物），但到了冬天，獵物就稀少，有時候甚至找不到獵物，因為掠食性動物（狐、山貓、狼、貓頭鷹、鼬、魚貂、貂、北方草原狼）會把整個地區掃得乾乾淨淨。一隻貓頭鷹在幾個月內對流蘇松雞和兔子族群所能造成的影響，通常相當驚人。

父母對他的生還驚喜不已——有一個星期期間，他們看起來幾乎有復合的希望——但之後，事情又很快恢復正常狀態。他的父親回到北方的油田，布萊恩最後也到那裡探望他；母親則繼續留在都市經營房地產事業，也繼續與休旅車裡的那個男人見面。

有幾次，布萊恩試圖告訴父親，有一回還差點兒就說出口，但最後依然隻字未提，沒有提到那個男人，或他知道的「祕密」。

〔附錄〕

布萊恩求生大事記

協力製作／李雨傳、李建安、考及元

◎事件

▲生存守則

★你可以運用的工具

第1天

◎飛機翻越樹木，飛衝到湖面上，猛烈撞擊湖水，還像撞到堅硬的混凝土般，在水面彈跳了一下。湖水衝破擋風板，震碎兩側機窗，把布萊恩擠壓到座椅裡……詳見內文42頁

1. 快速脫離飛機
2. 抓住能漂浮的物體
3. 脫去笨重衣物及鞋子
4. 上到岸邊，先緩和身體，不可劇烈動作，緩和病情
5. 脫下濕衣服，擦乾身體、換乾衣物或衣服擰乾再穿；若無乾衣服可穿，先以膠布、乾紙裹身保暖
6. 生火取暖避免失溫

1. 不可穿濕衣服睡覺
2. 儲備飲用水

★塑膠布

第2天

◎數十隻、數百隻地拍打；才剛打死一批，就湧來更多蚊子和一種他沒見過的小黑蠅，一隻又一隻咬他、啃他……詳見內文49頁

1. 尋找辛香植物塗抹四肢
2. 小心過敏體質不可冒然使用
3. 燃燒濕草煙熏驅蚊

★火種、打火機

◎他身處森林深處，沒有火柴，無法生火。他得要有個避難所……詳見內文64頁

1. 尋找夜宿地，選擇避風、防水處
2. 收集小樹枝或竹子當避難所骨架
3. 收集芒草或大樹葉當避難所屋頂

★山刀、小刀、鞋帶、繩索、藤蔓、樹皮

第3天

◎他必須找東西吃。在做其他事情之前，他非得先找東西果腹才行。但要找什麼呢？……詳見內文67頁

1. 尋找認識的野果
2. 採集認識的野菜嫩莖葉
3. 挖掘含澱粉的地下塊莖
4. 不認識的植物勿隨意摘食以免中毒
5. 清點裝備，列出可以利用的物資，將食物分配成最少維生量，以備長期野外生活

★野菜圖鑑、小刀

◎身後傳來細微的聲音，他轉身，看見了一頭用後足站立，挺起半身的大黑熊。他怔在那裡，無法思考……詳見內文79頁

1. 快速遠離
2. 朝林木中逃走，讓林木快速阻斷行蹤
3. 不可往上風處逃走，以免體味殘留
4. 躲藏時身上塗辛香植物以去人體味道

★辛香植物莖葉

第4天

◎一隻豪豬闖入了他的棚屋，布萊恩用腳踢牠時，豪豬隨即以尾巴上的針刺回擊……詳見內文84頁

1. 斷刺拔出
2. 以清水清洗傷口
3. 塗抹消炎藥品
4. 以乾淨布包紮傷口
5. 不可未經清潔就直接包紮傷口
6. 以東西擋住避難屋出口以防危險動物闖入

★消炎藥、夾子、布

◎火到底如何生成？他回想起學校所有科學課程，是否學過如何生火？是否曾有老師站在講台上說道：「生火的方法就是……」他試著集中思緒，生火需要什麼？……詳見內文93頁

1. 收集枯枝葉
2. 雨天則收集立枯木中心處之乾燥心材部分
3. 削火煤棒
4. 火堆下先以木頭墊高避潮
5. 夜間火堆不可熄滅，可以驅走危險生物

★小刀、火柴、火種、火煤棒、乾木材

第5天

◎事件

◎他有火，但無法烹煮，因為沒有容器。他從沒想過要吃生蛋。可是，胃愈來愈貼近背脊…… 詳見內文101頁

◀生存守則

1. 不吃生鮮蛋類等
2. 找到食物先煮熟
3. 某些蛙類、魚類的卵有毒，不認識不可隨便取食

★你可以運用的工具

★簡易挖掘器、鍋子

◎牠用黃色大眼睛俯視著布萊恩。布萊恩迎視狼的注目，並且感到一陣害怕…… 詳見內文118頁

1. 盡速遠離狼群
2. 活動中隨時攜帶武器
3. 製作火把
4. 夜間要生火堆，防止狼群接近

★山刀、長樹枝、火把

第6天

◎從搜救機離去的那一刻起，他陷入陰沉的驚怖，愈陷愈深，最後，黑暗中他從岩頂起身，拿起手斧企圖砍殺自己，結束這一切…… 詳見內文119頁

1. 傷口清洗乾淨
2. 以瘡口貼布拉合傷口
3. 乾淨布包紮傷口
4. 傷口勿弄濕以免發炎
5. 備好生求救訊號之柴火堆、以備不時之需
6. 要有長期野外生活的覺悟

★瘡口貼布、消炎藥、布、狼煙

第7天

大宴之日

◎他仔細修削樹枝成一把漂亮的弓。接著花兩天時間製作箭。箭桿是筆直去皮的柳枝，他用火烤硬箭頭，並和魚叉一樣，把幾枝箭的箭頭剖開成叉，做成叉箭頭，並用一條鞋帶來做弓弦…… 詳見內文120頁

1. 找尋韌性強之小樹幹當弓
2. 找尋筆直的枝條或竹子當箭

★鞋帶捻繩、樹皮捻繩、小刀

第8天

◎湖水會屈光，那意味著魚並不在眼睛看到的地方，而是在低一點的位置，也就是說，必須瞄準牠們的下方……詳見內文122頁

1. 溫差太大不可潛水太久以免暈眩
2. 注意水面折射
3. 可將箭頭伸入水中待魚游來再射牠，較易得手
4. 潛入淺水區尋找石縫中魚兒躲藏處，較容易獵魚

★弓箭、防水鏡

◎鼬鼠高舉臀部，捲起尾巴，向布萊恩頭部噴射。那道腐蝕性噴霧射中他的臉，麻木了他的肺和眼睛，讓他失去視覺……詳見內文125頁

1. 不招惹危險生物
2. 驅趕離開

★長樹枝

第9天

◎他著手改善棚屋，用柳枝編成一扇門，網眼緊密到無論鼬鼠、豪豬怎麼試，都不可能穿過。他努力從錯中學，不再埋藏食物，不再將食物留在棚屋中……詳見內文127頁

1. 重覓安全搭屋地點
2. 以樹皮、藤蔓製作繩子
3. 收集平直樹枝造屋
4. 以繩子及樹枝編組桌椅、置物架將食物架高
5. 以樹木及繩子造梯子
6. 食物切忌直接放置地面以免被野生動物偷吃
7. 挖掘坑洞灌水養魚
8. 防止魚池漏水可用防水布墊底

★藤蔓、樹皮、長草、樹葉、小刀、山刀、斧頭、鋸子

首肉日

◎在離河狸窩不遠的湖畔，他獵獲到第一頓肉食。布萊恩雙叉一個戳刺，將鳥刺倒在地。布萊恩抓住牠，直到確定牠死了為止。營火已燒成火紅的炭，他坐著注視那隻鳥，卻不知如何是好……詳見內文135頁

1. 野生動物肉類要煮熟
2. 吃不完的肉類以火熏熟存放
3. 肉類最好加少許鹽巴
4. 收集羽毛備用

★小刀、開水、鍋子

◎事件

◎利用從破舊風衣中取得的線和樹木殘幹上的樹脂，將幾根羽毛裝在乾燥的柳箭上，做出一枝能正確飛射的箭……詳見內文139頁

首箭日

◀生存守則

1. 以羽毛製作對稱平衡尾羽
2. 箭鏃可以以鐵釘敲扁製作
3. 取鳥類骨骼製作箭鏃亦可
4. 製作箭靶試射
5. 試射箭可以向高空射出較容易回收
6. 弓不用時弦不要一直綁著

★你可以運用的工具

★小刀、樹枝、鐵釘、石頭或鐵鎚

◎他用箭射中一隻大兔子，以處理第一隻鳥的方法剝了兔皮，也用一樣的方法烤熟牠……詳見內文139頁

首兔日

1. 尋找頁岩敲斷，取銳利斷面製作石刀
2. 取裝備中的鐵器製作刀具
3. 兔子毛皮剝下製作禦寒物
4. 可以多設陷阱捕獵

★鐵片、硬岩石、磨刀石

重生第42天

◎一堵毛茸茸的褐色牆面從森林走出，來到他的身後，然後像一輛失控的卡車般衝來。那是頭母麋鹿，雖然沒有角，卻用前額從左背部將布萊恩頂起，把他拋出丟到水中……詳見內文141頁

1. 隱藏樹幹後，以免被麋鹿撞到
2. 避難屋旁以樹枝圍出安全柵

★山刀、長樹枝、繩索

第47天

◎帶著火車般深沉的低吼，是龍捲風。他像塊破布般被揮掃到棚屋門牆上，然後又被狠狠摔進沙地；狂風同時將整面門牆、床鋪、營火、工具等揚掃而起，拋進湖裡……詳見內文145頁

1. 避開龍捲風前進道路，或躲到山洞中
2. 重要物資搬移到大岩石縫隙中或山洞藏匿
3. 避難屋以繩索固定於大樹幹
4. 不可試圖以繩索將自己綁於樹幹，會被飛沙走石打死

★繩索、藤蔓

第48天

◎看著殘骸，他知道要做的事很多，要重建棚屋、重新生火、找食物或為找食物做準備；要製造武器，而且必須一件一件慢慢來……

詳見內文150頁

1. 以樹皮、藤蔓製作繩子
2. 收集平直樹枝
3. 記得火堆下先以木頭墊高避潮
4. 找尋筆直的枝條或竹子當箭

★山刀、小刀、斧頭、藤蔓、樹枝

第49天

◎他砍去一根圓木的某些枝椏，以便與第二根圓木相嵌，再砍去第二根圓木部分枝椏來與第一根相嵌……近黃昏時完工，並依木筏模樣命名為「灌木堆一號」……

詳見內文155頁

1. 收集平直的大樹幹
2. 製作強韌繩索
3. 直接於水邊造木筏方便下水
4. 找長樹枝當篙撐船
5. 每次回到岸上要將木筏以繩索固定
6. 木筏泡水太久會減少浮力，要定期拖上岸曝晒

★繩索、藤蔓、山刀、鋸子

第50天

◎救生包裡的物品之豐富，教他難以置信，彷彿所有節慶和生日禮物一起到來……

詳見內文169頁

1. 救生包內物資仍應分配節儉使用
2. 救生包內的信號槍或煙霧罐，於有搜尋飛機接近才使用
3. 於空曠地擺置明顯求救記號

★信號槍、有色煙霧罐

第54天

◎「他們終止搜尋有一個月了吧，不，幾乎兩個月了。你是他，對吧？你就是那個小鬼……」

詳見內文174頁

1. 離開前要確認熄滅火苗
2. 拆除平時架設的陷阱，以免有動物再受害
3. 人工魚池或養殖場的生物要放回原生活處

★信號槍、狼煙

你選了哪些隨身工具？你和只有手斧的布萊恩一起存活下來了嗎？

或者……

手斧男孩大冒險

荒野求生×落難童年

★誠品書店年度TOP100青少年類第一名！
★博客來網路書店年度百大！
★美國最受年輕讀者歡迎的作家之一蓋瑞・伯森最膾炙人口的系列作品！
★騙倒《國家地理雜誌》的13歲男孩求生傳奇！
★美國紐伯瑞文學大獎（Newberry Honor Books）肯定！
★暢銷全球2,000,000冊！

手斧男孩 首部曲

★博客來網路書店親子共享類暢銷排行第二名

吃漢堡長大的13歲紐約少年布萊恩，因飛機失事，墜落在杳無人煙的森林中。他幸運逃過一死，卻必須獨自面對絕望、恐懼、大黑熊、不知名的野獸，沒有食物、沒有手機和無線電，身上唯一的工具，只有一把小斧頭，布萊恩如何面對前所未有，且關乎存亡的挑戰？

手斧男孩2 領帶河

這一次，布萊恩不再是孤獨一人，政府派來的心理學者德瑞克將陪他進行觀察並記錄下一切。可是，一場暴風雨中，德瑞克被閃電擊中，昏迷不醒，無線發報機也失靈！布萊恩必須帶著命在旦夕的德瑞克到百哩外求救。布萊恩唯一的機會是一艘木筏和一張地圖，順著河流，一場與時間相搏的河上求生，慌張開跑……

手斧男孩❸另一種結局

蓋瑞．伯森改變了布萊恩在《手斧男孩》中終於獲救的結局，並隨著嚴冬來到，他讓布萊恩面對更嚴峻的挑戰。置身大雪冰封的森林之中，孤獨一人的布萊恩如何面對致命的嚴冬？如何讓自己生存下去？

手斧男孩❹鹿精靈

經過大自然的重重試煉後，布萊恩回到現代化城市，卻感到比在荒野之中更孤立無援。唯一的解決之道就是，必須重回荒野大地，只有回到曠野之中，布萊恩才能找回自己真正的生命道路。

手斧男孩❺獵殺布萊恩

勇敢面對重重考驗之後的布萊恩，對於大自然的愛遠甚於所謂文明世界。一天，當他紮營在森林中一處湖畔時，意外發現了一隻受傷的小狗。當布萊恩悉心照料這隻小狗時，也想起了住在營地北方的克里族友人。直覺與不安告訴布萊恩，必須盡速趕往北方。北方森林裡肯定出事了，帶著忠心的新夥伴，布萊恩展開了一場救援朋友的狩獵行動。

手斧男孩．落難童年求生記

★紐伯瑞文學獎暢銷作家Gary Paulsen自傳小說

父母是酒鬼，學校如地獄，只有森林和圖書館是男孩的安全堡壘……這一次，蓋瑞．伯森帶來親身經歷的精采童年故事，他在廢墟與暗巷間潛行，到森林中自己打獵覓食，最苦中作樂、笑中帶淚的動人成長歷程。

故事盒子 1

手斧男孩 首部曲

【紐伯瑞兒童文學獎經典名著 · 35萬冊暢銷紀念版】

作者　蓋瑞・伯森Gary Paulsen
譯者　蔡美玲、達娃

野人文化股份有限公司

社長　張瑩瑩
總編輯　蔡麗真
副總編輯　陳瑾璇
責任編輯　李依蒨、李怡庭
專業校對　袁若喬、林昌榮
行銷企劃經理　林麗紅
行銷企劃　李映柔
封面設計　李東記
內頁排版　洪素貞

出版　野人文化股份有限公司
發行　遠足文化事業股份有限公司 (讀書共和國出版集團)
地址：231新北市新店區民權路108-2號9樓
電話：（02）2218-1417　傳真：（02）8667-1065
電子信箱：service@bookrep.com.tw
網址：www.bookrep.com.tw
郵撥帳號：19504465遠足文化事業股份有限公司
客服專線：0800-221-029
法律顧問　華洋法律事務所　蘇文生律師
印製　呈靖彩藝股份有限公司
初版　2005年8月
二版　2012年6月
三版　2024年2月

國家圖書館出版品預行編目資料

手斧男孩首部曲 / 蓋瑞・伯森 (Gary Paulsen) 著 ; 蔡美玲、達娃譯 --【紐伯瑞兒童文學獎經典名著・35 萬冊暢銷紀念版】-- 新北市 : 野人文化股份有限公司出版 : 遠足文化事業股份有限公司發行 , 2024.01
面；　公分 . -- (故事盒子 ; 1)
譯自 : Hatchet
ISBN 978-986-384-981-0(平裝)
ISBN 978-986-384-984-1(PDF)
ISBN 978-986-384-983-4(EPUB)

874.59　　112020632

野人文化官方網頁　野人文化讀者回函

手斧男孩首部曲

線上讀者回函專用 QR CODE，你的寶貴意見，將是我們進步的最大動力。

野人文化
讀者回函卡

野人

姓　名　　　　　　　　□女 □男　年齡

地　址

電　話 公　　　　宅　　　　手機

Email

學　歷 □國中(含以下) □高中職 □大專 □研究所以上
職　業 □生產/製造 □金融/商業 □傳播/廣告 □軍警/公務員
□教育/文化 □旅遊/運輸 □醫療/保健 □仲介/服務
□學生 □自由/家管 □其他

◆你從何處知道此書？
□書店 □書訊 □書評 □報紙 □廣播 □電視 □網路
□廣告 DM □親友介紹 □其他

◆你以何種方式購買本書？
□誠品書店 □誠品網路書店 □金石堂書店 □金石堂網路書店
□博客來網路書店 □其他 ________

◆你的閱讀習慣：
□百科 □生態 □文學 □藝術 □社會科學 □地理地圖
□民俗采風 □休閒生活 □圖鑑 □歷史 □建築 □傳記
□自然科學 □戲劇舞蹈 □宗教哲學 □其他

◆你對本書的評價：（請填代號，1. 非常滿意 2. 滿意 3. 尚可 4. 待改進）
書名____ 封面設計____ 版面編排____ 印刷____ 內容____
整體評價____

◆你對本書的建議：

廣　告　回　函
板橋郵政管理局登記證
板 橋 廣 字 第 143 號

郵資已付　免貼郵票

231023
新北市新店區民權路108-2號9樓
野人文化股份有限公司 收

野人

請沿線撕下對折寄回

野人

書名：手斧男孩首部曲【紐伯瑞兒童文學獎經典名著．35 萬冊暢銷紀念版】

書號：0NSB6001